洪範文學叢書(274)

女兒紅

簡媜

洪範書店印行

《目次》

《序》紅色的疼痛　6

【輯一◆暗紅】

四月裂帛　12

在密室看海　36
貼身暗影　62
秋夜敍述　74
哭泣的鐔　90
女鬼　96
雪夜，無盡的閱讀　106

【輯二◆磚頭紅】

女兒狀　128
一襲舊衣　134
女人刀　138
母者　142

【輯三◆火鶴紅】

某個夏天在後陽台 156
咖啡小館裏的狼 162
親吻地板 164
水牢 166
孿體 170
賓館 172
當年舊巷 174
空籃子 176
夢魘 178
腐橘 180
自畫像 182
溫泉鄉的歌手 184
戲票 186

演員 188
憂鬱獵人 190
產權 192
記憶房間 194
紅紐扣 196
隱形賊 198
同居綱領 200
螢火蟲 202
玻璃夕陽 204
末班車上的女人 206
密探 208
不爲人知的祝福 210
拖鞋誌 212
口紅咒 218

紅色的疼痛

——序《女兒紅》

想要推敲一種冷肅的姿勢與聲音爲這本集子說幾句話，枯坐半日，心思縹緲，如浮雲、流光無法拘捕入罐。於是，我只是坐在書房的老位置，看著初夏的微風曳動一蓬蓬茂密的竹葉，搖晃老老少少的綠，那窸窸窣窣的聲音裏藏著一隻略嫌興奮的蟬，叫得好像新科狀元。

天籟俱在，讓人放心。

也許是完成一本書後，習慣性出現憂鬱狀態，才會覺得千言萬語不說也罷；也許背景可以拉得更寬些，看看文學在現代社會的處境，想想所剩不多的固守著孤夜寒窗的文學信衆，到底意義何在？便不由得讓心情在谷底行走。有這樣的情緒，畢竟還是沉不住氣的小溪境界吧！在那些胸懷瀚海、與天地共呑吐的人心中，再怎麼焦躁的時代不改其貞靜，處境與意義云云何需鼓舌以辯？一切答案不就在孤夜寒窗裏嗎？而孤夜寒窗不就爲了「趣味」嗎？人間世的趣味，生命的趣味，與天籟閒閒對答的趣味。

這麼想，也就可以關門閉戶，安安靜靜把墨磨下去了。

回到這本書吧。第十一本散文集，依例也是砍砍殺殺才成其面目。主要收錄一九九一至九六，五年間作品；部分文章的創作期與《胭脂盆地》重疊，但因各有所屬，所以遲至今日才收編。大約在六年前，即構想寫一本探勘女性內在世界的書，窺其情感奧秘，聽其扎掙之聲。一路走走停停，恣意穿梭新舊時光及各階段女貌之間，便寫成今日的模樣。首先，這書雖屬散文，但多篇已是散文與小說的混血體；次之，我未把女性放在男性的經緯度上去丈量、剖讀，因爲她們即是自身的經緯，無需外借。最後，如果這些故事讀來有「蟬蛻」意涵，也是從「舊我」蛻爲「新我」，並非從殘缺的半人走向全人。但我也必須承認，故事中的女人各有各的艱難行旅，她們沒有外援，只能自己做自己的領航。我追蹤她們的步履，摹寫女性的壯麗與高貴。

「女兒紅」歷來指的是酒，舊時民間習俗，若生女兒，即釀酒貯藏，待出嫁時再取出宴客，因此也稱「女酒」或「女兒酒」。這大紅喜宴上的一罈佳釀，固然歡了賓客，但從晃漾的酒液中浮影而出的那副景象卻令人驚心：一個天生地養的女兒就這麼隨著鑼鼓隊伍走過曠野去領取她的未知；那罈酒飲盡了，表示從此她是無父無母、無兄無弟的孤獨者，要一片天，得靠自己去掙。從這個角度體會，「女兒紅」這酒，頗有風蕭蕭兮易水寒的況味，是送別壯士的。

辭書上說，有一種紅蘿蔔別名「女兒紅」，十足的鄉土氣息。想像某個冷冽的早晨，莊稼人撥霧來到菜圃，寒霜凍憪了果蔬，唯有那一畦蘿蔔田閃閃發光，長梗裂葉看起來精神飽滿，握手一揪，一根根結實的、鮮美的紅蘿蔔喜滋滋地破土，好像一顆顆又長又胖的釘子，默默地把山川湖海釘牢。這麼一想，「女兒紅」又接近了地母性格。一半壯士一半地母，我是這麼看世間女兒的。

然而經驗中，讓我刻骨銘心的紅色，卻跟血、牲禮與火焰有關。

血色，殘酷的紅。我總是記得一條淺色毛巾被汩汩流出的人血染成暗紅的情景，那毛巾像來不及吮吸的嘴，遂滴滴答答涎下血水。人血，當然是死神的胭脂。我想，若仔細看，會發現血的顏色裏有多層次的暗影，所以那色澤才能包藏豐富的爭辯：死亡與再生，纏縛與解脫，幻滅與眞實，囚禁與自由……緣此體會，故有〈輯一〉。

而牲禮的紅是屬於童年時代跟母親有關的記憶。年節祭祀中，「紅龜粿」與「麵龜」的紅令人感到溫暖。不獨是食物本身可口及其背後隱含的信仰力量才叫人緬懷，更重要是每一幢磚瓦屋內都有一名把自己當作獻禮的女子才使那紅色有了鄉愁的重量。因此，〈輯二〉四篇，難免帶著母性。

火的顏色與火鶴花的紅原本無涉，但我歡喜火鶴的意象；浴於烈焰，振翅高飛，一路拍散星星點點的火屑。那純粹的紅色裏藏有不爲人知的灼痛，〈輯三〉的故事，就當作幽深隱秘的內在世界裏，一枚枚火燎的印記吧。

作者自述至此，也算坦白從寬，再往下寫，就接近悔過書了。

有一件事倒是要提。今年是洪範書店二十周年慶，一家文學出版社的弱冠之禮。十一年前，我只是一個初出茅廬的新人，洪範出了我的第一本書《水問》，這份情義記下來了，跟著我從青年轉入中歲。這些年來文學出版之路的蕭索與炎涼，並未讓葉步榮先生改弦易轍，洪範還是洪範，這樣的出版意志與對書的品質的堅持，無疑已豎立了標竿。

恭喜洪範二十歲。也許，在冷的氣流中，意義與價值才會變成更清楚。畢竟，文學不是爲了熱鬧而來。

一九九六年六月，端午節前夕

寫于臺北

【輯一・暗紅】

四月裂帛

——寫給幻滅

三月的天書都印錯，竟無人知曉。

近郊山頭染了雪跡，山腰的杜鵑與瘦櫻仍然一派天眞地等春。三月本來無庸置疑，只有我關心瑞雪與花季的爭辯，就像關心生活的水潦能否允許生命的焚燒。但，人活得疲了，轉燭於錙銖、或酒色、或一條百年老河養不養得起一隻螃蟹？於是，我也放膽地讓自己疲著，圓滑地在言語廝殺的會議之後，用寒鴉的音色讚美：「這世界多麼有希望啊！」然後，走。

直到一本陌生的詩集飄至眼前，印了一年仍然初版的冷詩（我們是詩的後裔！），詩的序言寫於兩年以前，若溯洄行文走句，該有四年，若還原詩意至初孕的人生，或則六年、八年。於是，我做了生平第一件快事，將三家書店擺飾的集子買盡——原諒我鹵莽啊！陌生的詩人，所有不被珍愛的人生都應該高傲地絕版！

然而，當我把所有的集子同時翻到最後一頁題曰最後一首情詩時，午后的雨絲正巧從簾縫躡足而來。三月的駝雲傾倒的是二月的水穀，正如薄薄的詩舟盛載著積年的亂麻。於是，我輕輕地笑起來，文學，眞是永不疲倦的流刑地啊！那些黥面的人，不必起解便自行前來招供、畫押，因爲，唯有此地允許罪愆者徐徐地申訴而後自行判刑；唯有此地，寧願放縱不願錯殺。

原諒我把冷寂的淸官朝服剪成合身的尋常布衣，把你的一品絲繡裁成儲放四段情事的暗袋，你嫻熟的三行連韻與商籟體，到我手上變爲縫縫補補的百衲圖。安靜些，三月的鬼雨，我要翻箱倒篋，再裂一條無汗則拭淚的巾帕。

1

我不斷漂泊
因爲我害怕一顆被囚禁的心
終於，我來到這一帶長年積雨的森林

你把七年來我寫給你的信還我，再也沒有比這更輕易的事了。約在醫院門口見面，並且好好地晚餐。你的衣角仍飄盪著辛澀的藥味，這應是最無菌的一次約會。可惜的，慘淡夜色讓你看起來蒼白，彷彿生與死的演繹仍鞭笞著你瘦而長的身軀。最高的紀錄是，一個星期見十三名兒童死去，你常說你已學會在面對病人死亡之時，讓腦子一片空白，繼續做一個飽餐、更浴、睡眠的無所謂的人。在早期，你所寫的那首〈白鷺鷥〉詩裏，曾雄壯地要求天地給你這一襲白衣；白衣紅裏，你在數年之後〈關渡手稿〉這樣寫：

恐怕
我是你的屍體衣裳
非婚禮華服

並且悄悄地後記著：「每次當病人危急時，我們明知無用，仍勉強做些急救的工作。其目的並非要救病人，而是要來安慰家屬。」

你早已不寫詩了，斷筆只是爲了編織更多美麗的謊言餵哺垂死病人的絕望眼神。也好讓自己無時不刻沉浸於謊言的絢麗之中，悄然忘記四面楚歌的現實。你更瘦些，更高些，給我的信愈來愈短，我何嘗看不出在急診室、癌症病房的行程背後，你顫抖而不肯落墨討論的，關於生命這一條理則。

終於，我們也來到了這一刻，相見不是爲了圓謊是爲了還淸面目。七年了，我們各自以不同的手法編織自己的謊，的確也毫髮未損地避過現實的險灘。唯獨此刻，你願意在我面前誠實，正如我唯一不願對你假面。那麼，我們何其不幸，不能被無所謂的美夢收留，又何等幸運，歷劫之後，單刀赴會。

穿過新公園，魅魅魍魎都在黑森林裏遊盪，一定有人殷勤尋找「仲夏夜之夢」，有人臨池摹仿無弦釣。我們安靜地各走自己的，好像相約要去探兩個摯友的病，一個是七年前的你，一個是七年前的我，好像他們正在加護病房苟延殘喘，死而不肯瞑目，等親人去認屍。

「爲什麼走那麼快？」你喊著。

「冷啊！而且快下雨了。」

晚餐。燈光飄浮著，鋼琴曲聽來像粗心的人踢倒一桶玻璃珠。餐前酒被潔淨的白手侍者端來，耶穌的最後晚餐是從哪兒開始吃起的？

「拿來吧，你要送我的東西。」

你靦覥著，以遲疑的手勢將一包厚重的東西交給我。

「可以現在拆嗎？」我狡詐地問。

「不行，妳回去再看，現在不行。」

「是什麼？書嗎？是聖經？……還是……眞重哩！」我掂了又掂，七年的重量。

「妳……回去看，唯一、唯一的要求。」

於是，我裝作什麼都不知道，繼續與你晚餐，我痛恨自己的靈敏，正如厭煩自己總能在針氈之上微笑應對。而我又不忍心拂袖，多麼珍貴這一席晚宴。再給你留最後一次餘地，你放心，淒風苦雨讓我擋著，你慢慢說。

「後來，我遇到第二個女孩子，她懂得我寫的、想的，從來沒有人像她那樣……」

你說。

「我察覺在不知道的地方，有一種東西，好像遙遠不可及，又像近在身邊；似在身外，又似在身內，一直在吸引我。我無法形容那是什麼——或許是使得風景美麗的不可知之力量；或許是從小至今，推動我不斷向前追求的不能拒絕之力量；或許是每時每刻我心中最深處的一種呼喚、一種喜悅、一種夢；或許是考妻芮基(Coleridge)在他的《文學傳記》所述的『自然之本質』，這本質，事先便肯定了較高意義的自然與人的靈魂之間，存在著一種『關聯』……想著，想著，〈關渡手稿〉就在這種心境寫下來……」年輕的習醫者在信上寫著。

「她懂你像你懂自己一樣深刻嗎？」我問。

「我試著讓她知道，我為什麼而活。」你說。

「來此兩個多星期，天天看病人，跟在醫院無兩樣。空閒多，看海與觀星成了忘我的消遣。我很高興能走入『時間』裏面去體會時間的分秒之悸動。聖經寫說，人生若經過煉金之人的火及漂布之人的鹼，必能嘗到豐溢的酒杯。於是，我更能體會瀕死病人的呻吟，可以真實地走過病眼深處的波浪洪濤。在『你的瀑布發聲，深淵就與深淵響應』之際，雖然長夜仍然漫漫，我仍舊守候在病人的身旁，守候著風雨之中的花蕾，守候著天發亮的晨星……這是我衷心想告訴妳的……」在東引海邊的軍營裏，有一封信這麼寫。

「為了她，我拒絕所有的交往，我告訴另一個女孩子，我在等人，她哭了，也嫁人了。」你頹唐起來。

「啊！」我說：「這個女孩子真是銅牆鐵壁啊！是你不能接受她是個非基督徒，還是她不能接受你的主？」

「我曾由只要去愛不是去同情的初學者，變成現在差不多以賺錢爲主的醫匠。我甚至陷在希望藉研究與學術發表演講來滿足內心好大喜功之慾望裏而不可自拔，我甚至怕自己突然因某種原因而死亡（很多醫師因工作太累，開車打瞌睡而撞死）。目前，我正在鑽研一種『內生性類似毛地黃之因子』，我渴求能在兩年內把它分析出來公諸於世，以滿足一己暫時的快感……我不知道我是誰？

我渴望婚姻，但也害怕婚姻帶來的角色改變，我是痛苦的空城。直到，我碰到了『她』，我非常喜歡和她做朋友，但我的直覺和教會及所有的人認爲我不能和一個非基督徒結婚。我相信我有能力做她的好朋友，但我不知道能否做她的好丈夫？我不能接受夫妻因信仰所發生的任何衝突，我又很希望她過著幸福快樂的日子，我當然希望結婚的對象也是基督徒……我可能選擇獨身，我是矛盾的人。」第四十二封信寫著。

「的確，」我啜飲著燙舌的咖啡：「天上的父必然要選擇祂地上的媳，如同平凡的婦人也想選擇她天上的父。」

「我不懂她心中眞正的想法，她眞是銅牆鐵壁！」你說。

「她或許了解你的堅持，你卻不一定進得去她固執的內野。你們都航行於眞理的海，沿著不同的鯨路。你只希望她到你的船上，你知道她的舟是怎麼空手造成的？她愛她的扁舟甚於愛你，猶如你愛你的船甚於愛她。如果你爲她而捨船，在她的眼中你不再尊貴，如果她爲你而棄舟，她將以一生的悔恨磨折自己。的確，隱隱有一種存在遠遠超過愛情所能掩蓋的現實，如果不是基於對永恆生命衷心尋覓而結褵的愛，它不比一介微塵驕傲。你們曾經歡心驚嘆，發現彼此航行於同一座海洋；現在，卻相互爭辯，只爲了不在同一條船上。假設，她願意將你的纜繩結在她的舟身，不要求你棄船，那麼你能否接受她的繩，不要求她捨舟？如果比身並航也不爲你的宗教所允許，你只有失去她，永遠的失去她。」

「我是一個失敗的證道者！」你喟然著。

「不！」我說：「如果你不曾眞誠地攤開你的內心，她早就成爲你痛苦的妻。當你朗誦詩篇二十三給她：『耶和華是我的牧者，我必不至缺乏。祂使我躺臥在青草地上，領我在可安歇的水邊。祂使我的靈魂甦醒，爲自己的名引導我走義路。』你要相信，她因著這份感動才答應自己去尋找另一處無人到過的迦南美地。如果她在你心中仍然美麗，就是因爲這一身永不妥協的探索與敢於迎戰的淸白足以美麗。她一生不曾侍奉任何的主，而她讚美你，等同讚美了上帝。你信仰了主，你當終生仰望，你既然住著耶和華的殿，享有祂賜予的糧，你何苦再尋一座婚姻的空殼？我只聽說有人千方百計將他的茅屋改成宮殿，未曾聞過在宮殿裏另築茅舍。你成全了她走自己的義路，這是你給她最大的福音。她住在她那寒傖的磨坊，無一日不在負軛、磨糧，你要體會，不是爲了她自己，爲了不可指認、不能執著的萬有——讓虛空遍滿琉璃珍珠，讓十五之後日日是好日，讓一介生命甘心以粉身碎骨的萬有，如同你活著爲了光耀上帝。你要眼睜睜看她怎麼粉碎，正如她眼睜睜看你七年。」

最後一封信這樣落筆：「在我心目中，你一直是個尊貴的靈魂，爲我所景仰。認識你愈久，愈覺得你是我人生行路中一處清喜的水澤。

爲了你，我吃過不少苦，這些都不提。我太清楚存在於我們之間的困難，遂不敢有所等待，幾次想相忘於世，總在山窮水盡處又悄然相見，算來即是一種不捨。

我知道，我是無法成爲你的伴侶，與你同行。在我們眼所能見耳所能聽的這個世界，上帝不會將我的手置於你的手中。這些，我都已經答應過了。

這麼多年，我很幸運成爲你最大的分享者，每一次見面，你從不吝惜把你內心豐溢的生息傾注於我的杯。像約書亞等人從以實各谷砍了葡萄樹的一枝，上頭有一掛葡萄，又帶了些石榴和無花果來……你讓我不至變成一個盲從的所知障者，你激勵我追求無上自由的意志，如果有一天我終能找到我的迦南之野，我得感謝你給我翅膀。

請相信，我尊敬你的選擇，你也要心領神會，我的固執不是因爲對你任何一樁現實的責難，而是對自己個我生命忠貞不二的守信。你甚美麗，你一向甚我美麗。

你也寫過詩的，你一定了解創作的磨坊一路孤絕與貧瘠，沒有一日，我卑微的靈不在這裏工作、學習。若我有任何貪戀安逸，則將被遺棄。走慣了貧沙，啃過了粗糧，吞嚥之時竟也有蜜汁之感，或許，這是我的迦南地。不幻想未來了。你若遇著可喜的姊妹，我當祈福祝禱。你眞是一個令人歡喜的人，你的杯不應該爲我而空。

就這樣告別好了，信與不信不能共負一軛。」

2

且讓我們以一夜的苦茗
訴說半生的滄桑
我們都是執著而無悔的一群
以飄零作歸宿

在你年輕而微弱的生命時辰裏，我記載這一卷詰屈聱牙的經文，希望有朝一日，你爲我講解。

如果筆端的回憶能夠一絲絲一縷縷再繞個手，我都已經計算好了，當我們學著年輕的比丘、比丘尼入舍衛大城乞食，於其城中次第乞已，還至本處時，我要把鉢中最大最美的食物供養你，再不准你像以前一樣軟硬兼施趁人不備地把一片冰心擲入我的壺。

我們眞的因爲尋常飲水而認識。

那應該是個薄夏的午后，我仍記得短短的袖口沾了些風的纖維。在課與課交接的空口，去文學院天井邊的茶水房倒杯麥茶，倚在磚砌的拱門覷風景。一行瘦櫻，綠撲撲的，倒使我懷念冬櫻凍唇的美，雖然那美帶著淒清，而我寧願選擇絕世的淒豔，更甚於平鋪直敘的雍容。門牆邊，老樹濃蔭，曳著天風；草色釉青，三三兩兩的粉蝶梭遊。我輕輕嘆了氣，感覺有一個不知名的世界在我眼前幻生幻化，時而是一段佚詩，時而變成幽幽的浮煙，時而是一聲惋惜——來自於一個人一生中最精緻的神思……這些交錯紛疊的靈羽最後被淩空而來的一聲鳥啼啄破，然後，另一個聲音這麼問：

「妳，妳就是簡媜嗎？」

我緊張起來，你知道的，我常忘記自己的名字，並且抗拒在衆人面前承認自己，那一天我一定很無措吧！遲頓了很久才說：「是。」又以極笨拙的對話問：「那，你是什麼人？」

知道你也學中文的，又寫詩，好像在遍野的三瓣酢漿中找四瓣的幸運草：「唷，還有一棵躲在這！」我愉快起來就會吃人：「原來是學弟，快叫學姊！」你面有難色，才吐露從理學院輾轉到文學殿堂的行程，倒長我二歲有餘。我看你溫文又親和，分明是鄰家兄弟，存心欺負你到底：「我是論輩不論歲的！」你露齒而笑，大大地包容了我這目中無人的草莽性情。那一午后我歸來，莫名地，有一種被生命緊緊擁住的半疼半喜，我想，那道拱門一定藏有一座世界的回憶。

畢竟，我只善於口頭稱霸，隨後與你書信往來，才發覺你瘦弱的身軀底下，凝鍊了多少雄奇悲壯的天質，而你深深懂得韜光養晦，只肯鑿一小小的孔，讓琢磨過的生命以童子的姿勢嬉嬉然到我眼前來。我們不問身世只論性命，更多時候在校園道上相遇，也只是一語一笑作別，但我堅信：「這人是個大寂寞過的人！」

那時候，你的面目早已因潛伏的病灶難靖，稍稍地傾斜著，反正已經割過了而且是個慢性子的瘤，就不必管吧，只在你心力交瘁的時候，才憔悴起來，我叫你當心，你覆來的信不痛不癢地說：「今早文心課見妳挽抱書本飄然而去，霎時間萌生一種遠颺的感覺，沒來得及跟妳說。有回上聲韻，下了課，正見妳倦極而伏案，其時感覺也是一驚。記得有次夜深，與妳不期然遇，妳說從總圖出來，回宿舍去。夜色下的妳步履決定，卻透著層弱倦後的蒼白。一直沒能多問候妳，反而是妳看出我的憔悴。」你始終不願意稱我「簡媜」，說這二字太堅奇鏗鏘，帶了點刀兵，你寧願正正經經地寫下「敏媜」，說有了這「敏」字，行雲流水起來，不遭忌的。我深深動容，你一片片蓮燦，都為我惜生，而我能為你做什麼？性格裏橫桀賦詩的草莽氣質，總讓我對最親近的人殺伐征討；難得有一回清清淡淡的小聚，臨別時，我不經心竄出那頭獸、那忘情負義恩將仇報的猛禽：「保重喲，下一次見面或許九天，或九年。」你清和的面容浮掠一絲秋瑟，寬懷地笑納這些語鋒契機，你報平安的信通常這麼作結：「寫信、說話，歡喜日復一日。看妳什麼時候有空，小談。我擔心一語成讖。」

爾後，我離了學院，日復日載飢載渴，過的是牛飲而後快的星夜。偶有不死的詩心，才寫些哀哀怨怨的信給親近的人，你總是快快地回：「外出三天，深夜踏雨歸來，簷前出現一小疊信。中有妳親切的字跡，妳的信柬自然令我喜歡……我的病情，好好壞壞，終須挨上一刀才見分曉。近兩個月來的抱病自守，旦夕之間，情知對於生命底千般流轉，儘須付與無盡的忍愛。我想，他朝小痊，如妳之奔馳，亦須這樣。一步一履，無非修行。至此，我依然深心樂觀，來日或聚，願其時妳的事業大勢底定，我亦澡雪精神。」

我們深心樂觀著未來，幾次擊掌切磋，暗暗以創格自許，不屑襲調。負氣使才如我，滔滔灑墨，似欲與千夫萬夫一拚。你見我清瘦異常，只吩咐我不可太夜太累，我委屈了，說：「就活這麼一次，我要飛揚跋扈！」你語重心長地說：「早慧，難享天年的，古來如此。」

你珍貴我這頑桀的生命，大大地甚於你自己的。那一回生日，你特地去尋玉送我，一龍一鳳繞著淨瓶（啊！會是觀音的淨瓶嗎？），你說鬻玉的老者稱這塊玉的肌理具荷質，返家的途中經過南海路，你去植物園的荷花池，輕輕地輕輕地將這玉沁了又沁……你說：「生命恆有繁華落盡的感覺，只不過，不染淤泥！」

病魔卻與你弄斧耍戟，你的眼開始不自覺地淚，夜半常因拭淚而難以入眠，你謙稱這是宿業使然。在你卜居的深山窮野，你宛若處子與生滅大化促膝而談，抱病獨居的信，不改涓涓細流的字跡：「有天半夜不能安睡，出至陽台。山間天象澄明，月光大片大片灑落一地。忽然間，我看見自己月下的影子，細細瘦瘦，怯怯地，觸目竟十分眼熟，但那分明不是日光中的『我』。我呆呆地忖忖想想，啊，是了——是童話時代的『我』！我好感動地望著那片身影，然後牽他入夢。偶得一悟，心情願如莊周，處於病與不病之間。」

你第二度開刀，除去右顏面突變的肉瘤，我將一串琥珀念珠贈你，那是寺裏一名師父突然脫下贈我的，我歡喜生命中「突然」的意象。你認眞地戴在手腕，虛弱地在病榻上閉目。我又天眞起來了，彷彿一名間諜，在你短兵相接的戰場之前，先給你解藥，你此後可以大膽地無懼地去迎餵毒的流箭。病後，你說：「我漸漸願意把所有的悲沉、蒙味、大痛、無明都化約到一種素樸的樂觀上，我認爲它是生命某種終極的境界。妳知我知。」

最珍貴而美麗的，是你赴港念比較文學之前的半年。你詩寫得少了，專志狼吞文學批評的典籍，你戲謔這是一樁「反美」的工程，但要我千萬注意，你並非不愛美。我說：「管你家的什麼美不美，天天念原文書，把一個人念得豆芽菜似的，這種美簡直王八蛋！」你每星期總要回長庚醫院追蹤病情，我們相約在中午，趁我歇班的時刻，你教我念書。常常在市囂流矢的小咖啡店裏，你取出一疊白紙、一支鋼筆，在喝了一口微冷的紅茶之後，開始以沙啞沉濁的聲音，爲我喚來「福寇」(Michel Foucault)，我靜靜地抱膝聽著，進入神思所能觸摸的最壯闊與最陰柔的空間，你的話幽浮起來：「……如今，書寫已和獻祭發生關聯，甚至和生命的獻祭發生關聯……」我幡然有悟：「等等，我下一本書的架構出來了，你要不要聽！」知識的考掘通常轉化爲創作的考掘，我是鏽刀，拿你當磨刀石。你不也說了嗎，我的生命太千軍萬馬，終究不會聽你這座「紫微」。實而言之，你是一則遙遠的和平，爲了你，我必須不斷地戰爭。

有一回，茶冷言盡，你取出一張泛黃的黑白照片讓我瞧：一名十歲男童倚在漫畫書店的租台邊，白白淨淨的，怯生生的，眼睛裏有一股神祕的招引與微燃的悲喜，靜靜地與世界相看。我驚嘆起來：「多美啊！是你嗎？」你歡喜地說：「是！」

那一回，你送我回報社上班，沿著木棉擊掌、械實落墨的磚道，你微微地喟嘆：「天！給我時間！」

香港一年，你終因病發大量嘔血而輟學，從中正機場直奔林口長庚，醫師已開了病危通知書。你卻幽幽轉醒，看著床邊來來往往的友好、同窗；或者，你還在等，養育的父母早已雙亡，而親生的父母——一年前你才知道自己的身世，茫茫人海的一隅，藏著你未曾謀面的親生父母。我知道你等著見他們一面，期待從他們不知所措、尷尬困窘的眼神裏萃取一點人世的安慰，那麼至少在你二十八歲闔眼之時，你不是個孤兒。

你那時已不能進食，肉瘤塞住口舌，話也不能說了。你見我來，兀自掙身下床，從雜亂的行李中掏出一塊精緻的香皂，多少年前，我說過一日三浴更甚於心頭歡喜，你在紙上寫著：「多洗澡！」那一霎——那百千萬億年只可能有一回的一霎，我想狠狠地詈你於死。

半年來，我抗拒著再去看你，想迴向給你七七四十九遍的經誦終於不能盡讀，我壓抑每一絲絲一縷縷一角角關於你的掛念。只有兩回夢見，一次你以赤子的形象從半空掠過，我仰首不復尋蹤；一次你款款而來，白白淨淨的面目，我大喜，問：「你好了？」你笑而不答，許久許久才說：「還沒開始生病啦！」夢醒後，深深地痛恨自己，現世裏的大歡大美被解構得還不夠嗎？連在可以作主的夢土，也要懦怯地繳械。我終究是個懦夫，不配英雄談吐。

那麼，敬愛的兄弟，我們一起來回憶那一日午后，所有已生已死的神鬼都應該安靜敷座，聽我娓娓訴說。

那一日，我借了輪椅，推你到醫院大樓外的湖邊，秋陽綿綿密密地散裝，輪轉空空，偶爾絞盡磚岸的莽草。我感覺到你的瘦骨宛若長河落日，我的浮思如大漠孤煙。當我們面湖靜坐，即將忘卻此生安在，突然，遙遠的湖岸躍出一行白鷺，摶扶搖直上掠湖而去，不復可尋。湖水仍在，如沉船後，靜靜的海面，沒有什麼風，天邊有雲朵堆聚著。

你在紙上問我：「幾隻？」

我答：「十二隻。」你平安地頷首。

也許，不再有什麼詰屈聱牙的經卷難得了你我。當你恆常以詩的悲哀征服生命的悲哀，我試圖以文學的懸崖瓦解宿命的懸崖；當我無法安慰你，或你不再能關懷我，請千萬記住，在我們菲薄的流年裏，曾有十二隻白鷺飛過秋天的湖泊。

3

猶似存在主義
或是老莊
或是一杯下午茶
或兩本借來的書

百般凌虐你，你都不生氣，或，只生一小會兒氣。好似在你那裏存了一筆巨款，我盡情揮霍，總也不光。有時失了分寸，你肅起一張滄桑後的臉，像一個蹇途者思索不可測的驛站，我就知道該道歉了，摸摸你深鎖的額頭說：「誰叫你欠我，不生氣，生氣還得付我利息。」

常常在早餐約會，或入了夜的市集。熱咖啡、雙面煎荷包蛋、烘酥了土司，及三分早報。你總替我放糖、一圈白奶，還打了個不切實際的哈欠。我喜歡晨光、翻報、熱咖啡的煙更甚於盤中物，你半哄半騙，說瘦了就醜，我說：「餵，就吃！」你果眞叉起蛋片進貢而來，我從不吝惜給予最直接的禮讚：「今天表現不錯，記小功一支。」

早晨恆常令我歡心，彷彿攝取日出的力量，有了奔馳的野性及征服的慾望。早晨對你這個商場人士卻是苛責的，你霧著一張臉，聽我意興風發地擘畫每一樁工作，幫你整理當日的行程及爭辯的重點；戰役的成果未必留給我們，但我們聯手打過漂亮的仗。

入夜的城市更顯得蠢蠢欲動，入夜的我通常是一隻安靜的軟體動物，容易認錯、善於僕役，不扎別人的自尊。你活躍於墨色的時空，以銳利的精神帶著我游走於市集。一碗鹵肉飯、石斑魚湯、水煮蝦也是令人難忘的飲食起居。我擅於剝蝦、剔無刺的魚肉，伺候你。你儘管放心地細數我的不對，定讞白日的蠻悍，我一向從善如流，乖乖地向你懺悔。

當市集悄悄撤退，夜也慵了，我打起一枚長長的呵欠，你說：「走吧！回家。」你走你的路，我走我的歸途。這城市無疑是我們亙構的室家，要各自走過冗長的通道，你回你的臥室，我有我的睡榻。

那麼，的確必須用更寬容的律法才能丈量你我的軌道。你不曾因爲我而放棄熟悉的生命潮汐——不管是過往的情濤、現實的波瀾、或即將逼近的浪潮；我也不必爲你而修改既定的秩序——我有我不能割捨的人際、工作的程序、及關於未來的編排。當我們相約，其實是趁機將自己從曲曲折折的軌道釋放出來，以大而無當的姿勢攜手、尋路。你年逾中歲的音色裏仍留有不肯成熟的童話，我綻放的華容仍忘懷不去初爲兒女的姿意；你時而化童時而老邁，我時而爲人時而原獸，我們生動地演出內心被禁錮的角色，以城市爲舞台，行人當盲目的觀衆。那些令人疲憊的典章制度不容推翻總可以暫忘，你雖然抱怨半生顚躓無以轉圜，我卻不曾慫恿你或然言棄——那些包袱早已變成心頭肉，在我們分手後仍然繼續由你背負的。如是，我期望每一次相聚，透過理智的剖析與情感之疏濬，更助益你昂然駝行。我深知，情會淡愛會薄，但作爲一個坦蕩的人，通過情枷愛鎖的鞭笞之後，所成全的道義，將是生命裏最昂貴的碧血。因而，你可以原始地袒露，常常促膝一夜，談你孑然成長的大江南北、談夢幻與現實互滅、談你雲煙過眼的諸多女人……常常，我看到那一顆多年未落的噙淚。

同等地，我得以在你身上複習久違的倫常，屬於父執與兄長的渴望。過於陰柔的家境，促使我必須不斷訓練自己雄壯、摹仿男系社會的權威；而我生命的基調，卻是要命的抒情傳統，三秋桂子、十里芰荷的那種，遂拿你砌湖，我得以歌盡舞影，臨水照鏡(啊！我終究必須戀父情結)。實則如此，每一樁生命的墾拓，需要吮取各式情愛的果實，凡是虧空的滋味，人恆以內在的潛力去做異次元的再造。你在不知不覺中已被我修改，按著我心中的形象發音；正如我願意爲你而俯身，將自己揑成寬口的罍，以盛住你酒後崩塌的塊壘——任何一樁情緣，如果不能激勵出另一種角色與規則，以彌補夢土與現實之間的斷崖，終究不易被我珍愛。

於是，我們很理智地辯論著婚姻。

你說，不曾歇息的情濤，總難免落得一身蕭索，過往的女人不是不愛，卻發現愈愛得深愈陷泥淖；我說，這是剝奪，愛情之中藏有看不見的手。你說，如果我們結婚如何？我問，你視我為何？難道紛落的情鎖不曾令你卻步？你說，我在你心中不等同於女人，屬於一種透明的中性——像白晝與黑夜，時而如男人淸楚，時而如女性張皇，你能充分享受訴說，從最崔嵬的男峰吐露至最婉柔的女澤（你有時細心得像一名婢女），我歡愉你所陳述的，那表示，一個人對他（她）內在生命做多元創造的無限可能。而我開始敍述，關於多年來我們另闢蹊徑，如今偃然自成軌道的情愛（請注意，放棄世俗軌道的通常要花更多心血為自己領航，且不再有回頭的可能）。我們成就一種無以名之的關連，住在無法建築的居室，我不要求你成為我的眷屬如同我厭煩成為你的局部，你不必放棄什麼即能獲得我的情誼，我亦有難言的頑固卻能被你呵護，我們積極相聚也毫不掙扎地品嘗捨離，遂把所能擁有的辰光化成分分秒秒的驚嘆。如果愛情是最美的學習，我願意作證，那是因為我們學到了佈施勝於佔取，自由勝於收藏，超越勝於廝守，生命道義勝於世俗的華居。想必你了解，婚姻只是情愛之海的一葉方舟，如果我們願意乘桴浮於海，何必貪戀短暫的晴朗——要縱浪就縱浪到底吧！我已拍案下注，你敢不敢坐莊？

我們還要一座殼嗎？讓殼內衆所皆知的遊戲規則逐漸呑噬我們的章法。以我不靖的個性，難以避免對你層層剝奪；以你根深柢固的男系角色，終究會逐步對我干涉。原宥我深沉的悲觀，婚姻也有雄壯的大義，但不適合你我——我們喜於實驗，易於推翻，遂有不斷地、不斷地裂帛。

我情願把這城市當成無人的曠野，那一夜，我爬上大廈廣場的花台，你一把攫住，將我駝在肩上，哼著歌兒，凜凜然走過兩條街；被擊潰之後如果有內傷，那內傷也帶著目中無人的酣暢。

在借來的短暫時空裏，我們散坐於城市中最凌亂的角落，脫鞋盤坐，抽莫名其妙的煙，喝冷言熱語的啤酒，我將煙灰彈入你的鞋裏，問：

「欸，說說看，嫁給你有什麼好處？」

你提鞋，將灰燼敲出，說：「一日三頓飯，兩件花衣裳，一把零用錢。」

我又把煙灰彈進去：「廢話，誰希罕這些？」

你捏著我的頸子：「——再彈一次看看！」

我喝口酒，又把煙灰彈進去。

4

我隨手抽了把單刀
走了趟雪花掩月
無聲的月夜

只有鴿子簌簌地飛起

你怎麼來了？

明明將你鎖在夢土上，經書日月、粉黛春秋，還允許你閒來寫詩，你卻飛越關嶺，趁著行歲未晚，到我面前說：「半生飄泊，每一次都雨打歸舟。」

我只能說：「也好，坐坐！」

關於你生命中的山盟與水逝，我都聽說。在茶餘飯後，你的身世竟令我思謀，什麼樣的人，才能與秋水換色，什麼樣的情，才能百鍊鋼化成繞指柔。我似乎看到年幼時的你，已然爲自己想像海市蜃樓，你願意成爲執戟侍衛，爲亙古僅存的一枚日，奉獻你絢霞一般的初心。

那麼，請不要再怪罪生命之中總有不斷的流星，就算大化借你朱砂御筆，你終究不會辜負悲沉的宿命，擊劍的人寧願刎頸，不屑偷生。這次見你，雖然你的眉目仍未能廓然朗清，倒也在一葦杭之之後，款款立命。你要日復日吐餔，不吐餔焉能歸心。

把我當成你回不去的原鄉，把我的掛念懸成九月九的茱萸，還有今年春末的大風大雨，這些都是你的。總有一日，我會打理包袱前去尋你，但你要答應，先將夢澤塡平，再伐桂爲柱，滾石奠基，並且不許回頭望我，這樣，我才能聽到來世的第一聲雞啼。

你走的時候，留下一把鎖匙，說萬一你月迷津渡，我可以去開你書中的小屋。我把指環贈你，儘管流離散落，恆有一輪守護你的紅日，等候於深夜的山頭。

你說：「還要去廟裏燒香，像凡夫凡婦。」

那日，我獨自去碧山巖，爲你拈香，卻什麼話都沒說。

●

這就是了，季節的流轉永不會終止，三世一心的興觀群怨正在排練，我卻有點冷。也許應該去尋松針，有朝一日，或許要爲自己修改征服。

四月的天空如果不肯裂帛，五月的袷衣如何起頭？

註：文中四段引詩，摘自張錯《飄泊者》。

一九八七年五月聯合報副刊
一九九六年六月修訂

在密室看海

1 姐妹

同時誕生的人，能同時看懂一幅風景嗎？

暮春與初夏接駁之夜，時間如空中爬行的蝸牛，沉寂、遲緩，兀自流淌透明涎液。她抱膝坐在床上，頭搭著膝蓋，像洪荒時代遺下的一方頑石，抗拒被風雨粉化以至於顯出輕微的焦慮。此刻，她的視線穿過積塵的玻璃窗向外漂泊，首先是一棵枯瘦香樹，以自身作爲蟲蟻盛宴的，在樹背後是一堵倒插玻璃碎片的水泥牆，預防夜賊或蛇。當她學會以意念穿透黑暗冥遊遠處風景之後，玻璃碎牆反而具有破碎的美感，她常常刻意在上面逗留，想像參差的玻璃尖畫過脚底時，那種帶血的痙攣。

牆外幾步，廢棄場是熱鬧的，再繁盛的城市總有癱瘓角隅。只要有人抱著破電視，模仿先知的口吻指出：「這是畸零者聖地！」那地便著魔似地湧進殘敗、畸零族裔。廢冰箱、駝背沙發、沾血摩托車、退潮服飾或結束床笫關係的彈簧墊，好像流行病疫，突然那麼多人發現生活裏充滿待棄事物，再也容不下殘兵敗將。她坐在自己床上，無數次從風吹草動、斷續語聲中竊聽「丟棄」的意義，輕微或笨重，無法逃過她的聽覺。她知道廢棄的感覺會繁殖，那塊聖地終將構築殘破者的王國。這些時間戰場的傷兵在莽莽蒼蒼的芒草叢下，反芻過往榮華，分泌不能解體的孤獨。此刻，她不必借用感官，即能嗅聞廢棄王國飄來的貓騷，聽見破敗者數算未褪盡的顏色與尚存肢體，在暗夜裏喃喃自語。

那是個黑海，她想，沉浮著記憶之屍。永無止盡的潮浪喧騰著，越過芒叢、圍牆，直接撲破玻璃窗湧入她的房間，以龍捲式轉身捲走這間房，彷彿對這棟大屋而言，她的密室是令人憎惡的肉瘤，多餘、醜陋，而潮浪將攜帶它歸返畸零聖地。她無法根除這種臆想，被棄的感覺反覆練習之後不會痛，只是讓肢體長滿尖牙似的匕首，當自己擁抱自己時，聽到金屬與骨骼的奏鳴。

有人開大門，鑰匙丟入鐵盤，接著一陣劈啪，所有的燈亮起來。這女人曾經說，開關是屋子的鈕釦，只有鬼才害怕裸裎，人住的屋子就得亮，所有的釦子都該剝開。她感到安全，最後一定進這間房開燈，那是她每晚的返家儀式。她知道她，跟黑有仇。

「不是答應我開燈嗎?」她一面褪耳環，繞過來連桌燈也按了:「烏漆抹黑的，又不是墳墓。」

「去哪裏?這麼晚。」

「妳管。」

她一路剝除配件、衣服，隨處鬆手，動物式的路徑紀錄。服飾是女人的戰備，如同化妝品與香水保留巫教時代的獵靈傳統，一個穿上獵裝、斜背弓箭，以朱膏塗臂僞飾傷口的少女不再是少女，她已捕攫獵人之靈，立即擁有勇猛能量，可以隨時竄入鬼魅森林追獵野豬。她相信這些，服飾喚醒女人體內冬眠狀態的潛能，構築陷阱，營造情境，征服傾向勝於乞憐式的取悅。她的征戰理論不需要大衣櫥像軍醫院一樣妥善照顧傷兵，衣飾所在之處保留上一場戰役的烽火硝煙;瓦斯爐旁一只K金鏤花耳環，另一只可能在盥洗室漱口杯內，活在不得已的戰場上，骨肉也得分離的。她像極了一天死一回的戰士，次日醒來，配齊了項鍊、髮飾、皮帶、戒指或巴黎某名牌的神經性香氣，又是一個綠油油的自己，活得飽飽地。人需要記憶嗎?記憶是所有痛苦的儲藏室，她的歸類很簡單，可拋與不可拋的記憶，然而因爲每天死一回，不可拋的也在複印過程中漸次模糊。

等到她走入自己房間，差不多一身光溜了。穿衣鏡映出年輕且豐盈的胴體，對女人而言，凝視自己的裸體就像翻閱日記簿一樣，看到時間這一匹快馬如何呼喚山巒、踏蹄成河，自成一個神秘且燦爛的叢林世界。鏡面如霧，在盪然的光影中，她的臉帶著一股難馴的野性，天塌下來也能活出個形的。她從小希望這張臉獨一無二，跟美醜無涉，唯一就是唯一。然而，另一張臉也映入鏡中，蒼白、削瘦，整個人像一根倒豎的不鏽鋼長柄湯匙，參差短髮如被一群獵犬啃出來的。從鏡面中，加個黑框，那張與她酷似的臉差不多可以當溺斃者的遺照了。

「又有什麼事？」她不耐煩。

「妳下班都去哪裏？爲什麼這麼晚？」

她感到自己的身體竄起亂火，烈焰圍燒心臟似地，回身推她按到床上：「妳沒有資格管我，妳不是媽媽，講幾百遍才懂，妳是妳，我是我，各過各的不行嗎？爲什麼……爲什麼……」

她一急就嗆，可以咳出一桶魚似的。她替她撫拍，裸背滲汗夾雜微塵散出女體味道，如酷夏雷雨之後，青草喘出的氣味，這香衝入鼻腔使她的靈魂活絡起來，又回到生命現場，扎扎實實知道自己所在之處，沒有迷失與恐慌。她遞給她水，低聲說：「對不起……以後不問了。」

走出房間，一路將胸衣、窄裙、皮帶、襯衫、絲襪撿齊，搭在沙發背，這也是每晚的儀式，親手把完整的妹妹放好，然後回到自己的房間，面向牆壁躺成一張弓。壁上掛鐘，針脚移動，像兩個抽搐的瘦子偕伴從地獄走向天堂，正巧經過人間。

有人開燈。

「姐……」她爬上她的床，從背後摟她：「我想媽媽……」

「幾點了？」

「兩點十分。」她的眼光在牆上遊蕩。這房子潮了，天花板長壁癌，白色粉團懸在那兒像個蜂窩，每隔一陣子，姐用掃帚捅它，死也不肯換個房間。

姐喜歡把記憶釘在牆上，機票票根、哲人箴言、不知哪裏剪來的昆蟲圖，拼拼貼貼裱成一個沒有時間的世界。她一直戒不掉買相框的毛病，好像什麼東西只要框起來就不朽，也眞有本事搜羅那麼多不同材質、形狀殊異的框子。佔據半面牆的家庭相片，配了框後宛如亂葬崗，大大小小頗有族繁不及備載的熱鬧，其實翻來覆去都是三條人影在時間舞台上分飾各個角色而已。戴紅色草帽的媽媽年輕時候，夏日沙灘上媽媽的裸足印，那是媽媽生前掛的。她在這房間嚥了氣，最後一句話講得像雷雨湖面上的枯草，浮浮沉沉。她想，這屋子特別潮或許跟媽媽有關，有些女人生前不肯低頭掉淚，死後會回到眷戀之地把淚還回來。姐搬入這房間後，那些照片像繁殖一樣，從姐妹倆擠在澡盆內的嬰兒照，到一個穿水兵裝行軍禮、一個穿蕾絲邊洋裝捧玫瑰花的六歲生日照……掛得比相館還大隊人馬。這輩子跟她要最多照片的是姐，少女時代的學生證、出社會後的郊遊照，她當作寶貝一樣把人頭剪得齊齊整整，配上自己的照片，寫上日期框在一塊兒，這倒不難，雙胞胎的好處是時間刻度一樣，拿對方紀年就行了。她罵過姐：「有毛病啊！妳不覺得無聊嗎？」姐瞅著她，眼睛流露無邪的光：「怎麼會？給媽媽看嘛！」她反駁說，要是媽媽的魂回來，看人不就得了，還需要照片幹嘛；姐的理由是另一個世界沒有時間，「媽記得的是我們十八歲的樣子，得讓媽先看照片，她才知道躺在床上的兩個三十歲的女人，眞的是她女兒。」

一派胡言，她想。姐不釘別面牆，密密麻麻掛滿靠床的這面，好像怕這牆跟屋子脫離關係，得用鋼釘去刻骨銘心才行。或許，也爲了睡夢時不至於飄到陌生地方迷惘。

「媽如果不當媽媽，不知道會變成什麼？」她發現姐的領口有一條脫軌的線，湊嘴咬下，拎到姐的手臂上，用手指搓成小疙瘩：「媽好像什麼事都能編成故事，妳記不記得有一次她買兩條魚，一條叫妳的名字，一條我的，要我們閉上眼睛從尾巴開始摸，她就說這條是鳥變的，那條是沉下去的船變的之類，我實在很討厭魚摸起來的感覺，濕濕黏黏的……」

「還沒摸到魚頭，妳就哭了。」

她把小疙瘩彈至空中，重新摟著姐姐：「是啊，眞丟臉。我記得媽還說，摸到最後可以摸到魚的……」

「眼淚。」

2 姐

媽媽對著大海叫她的名字，是個暗夜，她記得。

連續豪雨，矮牆頭的野蕨猖狂起來，那種長法接近挑釁，非把一整排碎玻璃嚼爛，朝天空吐淨才甘心。一整天，她坐在窗前素描，筆下的蕨葉像泡過水的羽毛，沒半點野性。黃昏襲來，暗影籠罩著白紙上糾纏不清的線條，筆路怎麼牽扯都像沒有出口，跟她的人生一般亂。

離職快半年了，妹妹盯著，才勉強翻報紙圈幾個人事廣告打打電話，到處都在找人可又不缺人。她想，在別人眼中她不過是聖誕樹上的裝飾吧，多一個不覺得更炫麗，少了也無損節慶的歡騰。多年職場經驗不斷提醒她「迴紋針型人物」的地位，不管包上什麼顏色，一枚高躿的S極盡卑躬屈膝之後就成爲咬不住什麼的迴紋針。她記得那件事，明明用迴紋針把幾張重要文件別在一起放主管桌上，丟了一張，終於從桌底下找到那張蓋滿皮鞋印的文件時，她的主管如一捆騷動的炸藥拿起釘書機在她面前示範如何亂槍釘死幾張紙，然後要她重輸一份乾淨的，下班前交。她附上辭呈，用迴紋針別在那份被她上下各釘成一排虛線的重要文件上。

一向照准。像她這樣的迴紋針，在叢林似的辦公室生態裏到處都是，地上、垃圾桶內不知凡幾。慰留與道別餐會顯得矯揉造作且浪費時間，何況沒有人想到爲她做這些。她一向沒什麼好收拾的，更無需交接，她的職務內容都在電腦人力資源管理檔內，下一枚迴紋針只要輸入部門名稱及自己的代號，電腦會告訴他所有的工作內容。她明白，不會有人在寶貴的記憶區裏構築專屬巢穴保留她，她像西斜陽光照在剛哭過的流浪漢眼睛上針尖般的反光，輕微得沒有重量。踏出玻璃帷幕大樓，冷雨天空起了風，過客與風是孿生的，從杳無人煙的驛站到廢船麕集的港口，如此一生。

也許，只有媽媽在險浪喧騰的心海裏爲她們姐妹築一個暖巢，用春季柔軟的香草與候鳥落羽編成；她愈活愈貼近媽媽的心，追溯一個女人高高舉著巢，獨身涉海尋找陸地的艱難。當她與妹妹像兩隻幼雛躺在巢中嗅聞草香而酣眠時，她們無法想像一向燦如星月的媽媽，是否在泅游途中被邪惡的水鬼抱住脚踝而興起海滅的念頭。

照片裏，戴紅草帽的媽媽原本有一雙慧黠的眼睛，也許光線關係，卻像漁港初霧；草帽太大了，整個人似一朵即將飛颺的酒紅波斯菊。她推算拍這張照片時已懷了孕，腹中那位哥哥——她現在已能平靜地承認他，恐怕也無法預知七年之後因自己猝死導致媽媽結束第一次婚姻，拎一口破皮箱離開盛產糧食的燠悶農村。印象中，從未看過那頂紅草帽。那年代，敢戴紅草帽騎迷你脚踏車到鎭上看文藝愛情片的女人，在鄰里間大約得不到「良家婦女」的封賞。媽媽是那種遇山開路、逢水架橋的人，離家出走那一日——她直覺認爲是個蟬嘶夏天，穿過竹樹圍拱的鄉間石路，任陽光在身上灑下碎影的媽媽，腦海裏盤算的，絕不是一頂紅草帽或失婚女人的面部表情，她相信擅長編造故事、剝除過期情感的媽媽，一路鏗鏘抛甩身上的記憶，終於把自己剝成一塊面帶微笑的冰。

第一次見識媽媽剝除記憶的暴力，大約六歲那年。半夜，她與妹妹被重物擊地的聲音驚醒。

她們住在高級區，二樓住家，樓下是媽媽開的精品店，服飾兼精緻舶來品。在瀕海的新興商鎭，沒有人比媽媽更懂得疼愛女人的癡情與綺夢，她在店內巧心布置拍照區，讓換上流行服飾的女客免費享有自己的倩影，媽媽疼她們幾近縱容，不買光試穿留影也行。背景無非是兩棵卿卿我我般的假椰樹、蔚藍海洋布畫及一把沙灘躺椅，極簡單的熱帶風情。媽媽移前移後選角度，哄她們回到最喜悅時光找到那朵笑容：神祕的、羞赧的或從未在男人面前流露過的一抹野性。女客買了服飾，又三天兩頭探問照片洗出來沒？總得等底片照完才能洗呀，她們急得跟孩子一樣，嘴巴上又故作從容，天天提菜籃、牽小孩聚在店裏閒談，聊久了也不新鮮，乾脆熱烘烘幫忙招徠生意，各自慫恿姊妹淘前來購買，店內生意好得不像話。媽媽說，再平凡的女人都要人疼，要不然糟蹋了。

那夜，她與妹妹躲在樓梯口，「剁剁」的聲音從拍照區傳來，沒看見跑船回來才幾天的「爸爸」——她一直到現在仍無法袪除說出這兩個字時所引起的海嘯似耳鳴。妹妹膽子大，踩過滿地衣飾、傾倒的櫥櫃站在媽媽背後喊著。抱著樓梯欄杆的她，聞到空氣中揚散著酒臭，從男人口中溢出彷彿屍腥的氣味，從欄杆縫往下看，她看見那兩棵假樹被推倒在地，媽媽正用菜刀砍成大段，背部起伏宛如豹奔。妹妹又喊一聲，突然天地俱寂，鉛礦似的肅靜壓在媽媽背上，她輕輕放下刀，慢慢站起攏一攏頭髮，轉身，在昏黃光暈中綻出一朵淺笑，抱起妹妹，用她們熟悉的、浸過蜜汁的小提琴絃般的聲音暱暱地問：「怎麼還沒睡呢？我的小壞蟲！」接著，媽媽仰頭凝視她，微光晃漾，那眼神如瀑布中倏然竄出的流星蛺蝶，帶著水淋淋的癡迷與誘惑，她被懾住。「嘿，小情人，下來抱媽媽一下嘛！」她完全忘記剎那前的驚怖，媽媽仍是那個喜歡跟她們撒嬌的媽媽，身上永遠散發讓人渴慕的麝香味，導引她們穿越恐懼與流離回到她的懷裏。那一夜，媽媽說，去海邊散散步吧，一隻大壞蟲跟兩隻小壞蟲。

碎星與弦月，流盪的雲，她只記得這些，其餘是籠罩著陸地與海洋的無涯幽暗。這地方不陌生，媽媽曾帶她們來野餐，假想父親的船突然從海平面躍出的情景。那台相機記錄了燦亮陽光下，她們姊妹最歡愉的童年歲月，也保留一枚宛如幾個女人頭共用一具肉身的媽媽的脚印。多年之後，她無數次靠著那張脚印照片回到海灘現場拾掇媽媽的快樂時光，她相信對她們三人而言，往後的流徙皆是命運之神對那段時光的咒詛。

那一夜，她聽到夜間的海彷彿千萬頭獅吼，恫嚇、蔑視，露出尖齒嘲弄渺小的獵物。媽媽抱著半路上睡著的妹妹，一手牽她往海灘走。她囁嚅，低聲叫媽媽——媽媽——好像牽她的是另個不相干的女人，她受不住手腕被握得太緊試圖掙脫，媽媽卻愈走愈急。整座夜海似巨大的磁場，正向四面八方喚回迷走的礦沙，雲依然流動，悄然遮住高空的月牙，潮浪亙古不變地翻騰著，不過問人間世事。她現在回想當時使盡全力扯住媽媽並不是基於痛楚而是無法承擔恐懼，她才六歲，但足以辨別陽光與暗夜的不同、接收媽媽透過強勁手勢傳導給她的密碼。雖然媽媽常有出人意料的作爲，但她相信那晚的海灘之旅跟散步一點也沒有關係。

就在她拒絕再往前走時，媽媽鬆了手，放下妹妹，獨自朝遼闊的暗海走了幾步，浪濤的聲音轟然如雷。第一次，她聽到媽媽對著海洋喊她的小名：沙沙。沙沙——沙沙——沙——沙，回來！媽媽是這麼喊的。像原野上的大樹喊它心愛的葉子，一片榕樹葉子跟錯了，跟到蘋果樹那兒去了，所以要借風的聲音喊它回來。她站在媽媽背後，拉她的衣角回應著，但掩面啜泣的媽媽竟怕驚動什麼似地制止她：「噓，不要吵！不要吵！」

海風吹拂，薄鹽。她開始感知有一頭餓壞了的猛獅衝出童話書悄然隨著海風撲來，用利爪掰裂她的胸膛，捧出鮮嫩的心臟，吮吸童女之血。她不再感到驚恐，夜使她超越六歲孩子的視界，向上攀升、盤旋、俯瞰，看到成人世界凌亂不堪的景致；她的感官活絡起來，攫住那種近乎絕望的黑、捕獲令人有暈眩感的海吼，最後，鮮明地記住一個少婦與雙胞胎女兒被不知名的力量扔在黑色海灘的處境。她後來隱約明白，接著發生的事是她自己觸動宿命關鍵，遂使一生無法出脫暗海，注定獨自仰望永夜的星空。她記得，她摟著剛睡醒的妹妹，粗沙扎疼妹妹的脚，她一面幫她揉，一面凝肅地看著十步之遙跌坐沙灘的失意婦人，明白她剛才呼喚的是一個與她同名的人，那是另一個故事，另一艘跟暴風雨有關的沉船。在忽遠忽近的距離感中顚躓，使她無法確認自己與眼前那名少婦的關係，事實上她連自己是什麼也無法確認了，只是用一個孩子本有的勇氣——似乎可以跟一切惡靈對峙的勇氣，走到她身旁，摟著她的脖子說：「媽媽，不要怕，有我在！」

第二天，媽媽仍是喜歡穿時髦洋裝、愛吃蜜餞的老闆娘，只花一個下午即讓老主顧們當作禮物帶走店裏的存貨、委託代書出售房地產。半條街的女人隨著媽媽的指揮陷入戀戀不捨與祝福的情緒裏，有的甚至流下眼淚，但她們一致同意，男人經年在外跑船不像個家，能下定決心回到陸地團圓是喜事。她們搶著挑選免費禮物無心追問細節，甚至不曾質疑爲何要搬到那麼遠的地方去。最後，慶賀與道謝的聲浪使所有人忘記「告別」

原是跟喪禮一樣糾纏不淸的事。媽媽開開心心地，吃她的蜜餞。

在另一個繁華城市，身世有了新版本，漸漸有人知道，這家開幕沒多久、生意很好的咖啡廳，老闆娘是個寡婦，帶著雙胞胎女兒到這兒闖活路，丈夫死於船難。

最後一次看到爸爸——正確地說，看到爸爸的背影，是在咖啡廳開張後幾個月的事。她和妹妹從隔壁巷的鋼琴老師家回來，一路猜拳，輸的得揹對方十步路。妹妹眼尖，老遠看見一個男人從家門出來，往前大踏步而去，妹妹追著喊，他沒聽見，招輛計程車，消失得乾乾淨淨。

家裏看不出任何異樣，空氣中都是媽媽的香氣。妹妹很容易滿足，哪怕是一個有漏洞的答案。而她覷著媽媽的臉，試圖讀出蛛絲馬跡，媽媽懂她，一把拉入懷裏，親她的小耳朵，說悄悄話：「不懂的就放口袋，左邊放滿了放右邊，等長大嘍再拿出來看，一下下就懂了。」接著嘆一口氣，像操勞的家庭主婦抱怨腰痠背痛般不輕不重。她尙未理淸楚，媽媽又變出叮叮噹噹的聲音催她們洗澡去，今天是大日子呢，有兩隻小壞蟲要吃生日蛋糕囉。

那是六足歲生日，在咖啡廳舉行，花與蛋糕、禮物堆疊出盛宴氣氛，合力鼓譟永不褪色的歡愉。媽媽把妹妹打扮成穿粉色蕾絲洋裝的小公主，而她穿著一套稍嫌大的藍色水兵男裝、領帶像水鬼舌頭濕答答地垂下。衣服上，樟腦丸與麝香香精混雜的氣味，令她十分難受。

「要永遠相愛喲，跟媽媽勾小指頭！」

當她與妹妹面對鏡頭，在衆人的起鬨下露出缺牙的笑靨時，媽媽按下快門，鎂光燈閃動，那一刻永遠留下了。

沙沙——沙——沙——原野上一棵孤獨的大樹喊著，媽媽終於喊回那片遺失的葉子。

3 妹

她懷疑自己容易嗆及最近染上的皮膚發癢毛病，都跟這間潮濕的老屋有關。那眞是沒道理的事，好像喉頭上方有個水龍頭，滴滴答答漏水，動不動就趁呼吸與吞嚥交接之際滑入氣管。她一度聽從專家建議，專心訓練呼吸與吞嚥交替的動作。可笑的是，這種與生俱來的本能一旦執意練習，反而弄得秩序大亂。她儘量不讓自己處於急躁、發怒狀態，爲此還去氣功班、禪坐營，學習放鬆與忘我之道，好像有效又好像無效。最近又來了新節目，沒頭沒腦地身上發癢，像三更半夜前任屋主潛回來翻找什麼東西似的，因爲不是賊，所以不是撐開大布袋搜括的那種，是嚼著泡泡糖、晃悠悠地踱到臥房覷兩覷又進客廳開櫥櫃，一面找他的舊物一面欣賞新任屋主的擺設，就這樣三房兩廳雙衛巡來巡去的那種死皮賴臉的癢法，她那搽三種指甲油的手指也就分外忙碌，一會兒挖Häagen Dazs的冰淇淋吃，一會兒隨著那位無賴的步伐在大腿內側、手肘、肩胛、腰背撓抓起來，狀甚猥瑣。

有一回，她煩得發脾氣，一把朝落地窗扔掉正在看的房屋雜誌，衝進浴室放滿高溫熱水，整個人浸入浴缸。任何一個有良心的人都不會用發燙的洗澡水對付自己的身體，她燙得尖叫，眼淚也滾出來，咬牙切齒繼續用蓮蓬頭沖洗。熱煙使浴室一團白茫，她彷彿站在無邊界刑地獨自承受永世的鞭笞。

姐姐敲門，問她怎麼了？她牙齒咬得死緊，因這聲音猛然回神，那怒氣也就找到棲所，「妳給我滾遠一點！」她吼著。一具肉身燙得發紅發腫，漸次膨脹好像快衝破浴室牆壁，奇怪的是竟有輕盈的感覺，癢不見了，代之而起是億萬隻煨過火的蜂針螫著，又像沸水裏的番茄自動綻皮，輕輕一揭，整張皮旋轉而起，露出紅通通的果肉。她的快意恩仇還沒鬧夠，水淋淋衝進臥室，拿整瓶含酒精成分的收斂水朝身體亂灑亂抹，好似一具冰屍。等她暈眩而倒在床上時，她終於感覺這具身體已不是以前那具，嘴角帶笑，眼淚緩緩溢出，她知道，這淚從童年起就長途跋涉一直到現在才抵達出海口，那種鹹也因此像上古時代的鹽。

她始終覺得自己的叛逆期來得特別早，跟媽媽有關。

有一位高䠷且漂亮的媽媽，她承認，從小帶給她榮耀——應該說，帶給她以及大她五分三十秒的姐姐極大的榮耀。她們走到哪裏都被一群無知麻雀般吱吱喳喳的愚夫愚婦包圍，一面比對她們的身高、體重、眼睫毛幾根、耳朵形狀、頭髮粗細、手指長短、掌紋……一面發出粗俗不堪的笑聲，最後毫不例外地讚美媽媽的生育功力，彷彿她們只是媽媽揑出來的可愛小玩偶。她從小習慣用「我們」，對媽媽、老師、煮飯的歐巴桑說：我們肚子餓了，我們的膝蓋破了……她記得有一回做夢以至於尿床，半夜搖醒媽媽：「我們尿尿在床上！」同卵雙生是個艱深的實驗，度過人人視爲天使娃娃的童年階段後，開始進入宿命習題：在亂草石礫地翻找「我」的蹤跡，自布滿塵垢的鏡中辨認「我」的容顏，從別人的眼眸裏拼湊「我」的存在。她不得不承認這條路坑洞特別多，不獨別人老是認錯她們、叫錯名字，當她好不容易暫時忘記姐姐，像個獨一無二的人偷偷想做什麼時，卻發現姐姐正巧也在那兒。她恨這種心有靈犀。

如果說姐姐是媽媽的信徒，那她就是逆女。姐姐順著媽媽指點的路徑行走，她寧願反方向，哪怕必須涉過沼澤。很早便發覺，媽媽看她的眼神是帶探針的，不動聲色地偵測她的心眼到底多少個？她擅長僞飾，或者說她充分發揚從媽媽那兒得來的裝飾藝術，當媽媽變魔術般從黑帽子裏揪出漂亮的故事、最新版本的身世以滿足飢渴的人群時，她也本能地躲入濃濃的睡眠，在媽媽窺伺的鼻息下，打起童鼾。

她相信媽媽說的一切，不，應該說她努力讓媽媽相信她從未質疑過她說的故事。然而，僞裝成果樹並不代表也能在秋季結實，她不得不提早揭開兩套記憶上的布幔做選擇，一套是媽媽的版本，另一套是她窺伺得來的。

她從未告訴姐姐，背負兩套記憶的痛苦，事實上，因這痛苦令她終於感到與姐姐不同，反而有了私釀之意。她很小的時候便警敏地察覺，在媽媽巧手布置的家裏，有一個幽靈男童存在，他——接著她知道是個哥哥，時而躲在衣櫥底層那口綻皮皮箱內，時而疊影在某個跟隨母親到店裏選購衣服的小男生身上，有時候單純地蜷縮在媽媽的眼睛內，朝向遙遠且空茫的地方。

她沒有興趣追問他的故事，一則缺乏資料與耐性，二來也習於想像他像風一樣掠過風鈴從窗口飛出。如果不是那個決裂之夜，她不會警覺到那個幽靈哥哥不僅與她們同船共渡，而且只用一根小指頭就戳破她們一家四口組成的那張天倫拼圖。

姐姐始終不知道，是船長爸爸遺棄了她們。一個經年出海的行船人在異國神女的胯下盡情嬉戲時，忽然像獲得什麼啓示般，質疑自己妻子的貞潔，連帶地懷疑兩個女兒的血緣。這沒什麼道理可言，但很正常。或者，無所謂遺棄，如果眞相站在他那邊的話。不管怎麼說，媽媽是個高傲的說故事能手，有頭有尾地用壯烈的海難埋葬了第二任丈夫。

當她揭開布幔審視兩套記憶，彷彿獨自在暗夜墓園顫抖：一套像穿著繡服、頭戴鮮花的骷髏，瘦骨上還黏搭著腐肉，另一套是赤裸女囚，被惡意的力量驅趕著，在穢地、獸群之間匐伏，尋覓一個可以幫她解開鐐銬的愛人。

她想恨媽媽，匕首一刺，卻刺到了憐憫。

也許，轉捩就是從恨與憐憫交鋒的過程中無意發現的吧。她漸漸拉出距離觀看媽媽的轉變——她想，那時候她與媽媽大概同時趴在地上尋找，一個找解銬之鑰，一個找出口，所以才心照不宣地僅交換眼神而不交換話語。不明就裏的姐姐誤讀爲冷戰，數度規勸她與媽媽和解。

在距離之外，她私密地追蹤媽媽的情慾航程，用翕張的鼻翼嗅聞空氣中的男性氣味，從媽媽帶倦的眼神推測肉身纏動的速度；有時，她偷偷潛入媽媽的臥室，從那面梳妝鏡上隱然浮現的各種印子中，再現雲雨密布的航程裏媽媽那蛇妖般的身影與想要撞崖的孤獨心境。那些把頭深深埋入她的腹丘的男人永遠不會理解，媽媽反過來以他們的背爲階，一步步把她用潔白蠶絲繞成的巢送上雪崖，巢內躺著她這一生的謎，放在高高的峰頂讓陽光去閱讀。

正因爲這一層啓示，她開始領悟人生並不一定要在脚踝繫一條繩子，雜七雜八拖帶姓名八字或鍋碗瓢盆才能活下去。她丟棄那兩本記憶，只撕下幾頁有用的。當她學會大篇幅遺忘，恣意在各個記憶符碼間跳躍、串聯、形塑時，她不僅原諒了媽媽，甚至深深迷戀起她來。

然而，快樂十分短暫，她忘了還有一個姐姐站在前方等著，手中揪著一張網。那網用鋼絲編的，巨大的網。她無法參透她跟姐姐到底遭了什麼符咒，以至於陷入永無止盡的糾纏。少女時期，最沮喪無助時，她夢見自己與姐姐被一名蒙面老婦剝光衣服，像雛雞一樣，硬是塞入一口黑幽幽的甕，甕口用紅布封起來。惡夢令她怒不可遏，像隻發狂的蠍子在倒扣的鐵鼎內掙扎，最後，一定得劃痛自己，見了血，那股怒氣才能平息。

她曾經用最惡毒的意念咒姐姐死，然而烙在背後的那張符籙起了法力，愈恨，那愛就愈勒得緊，她根本無法想像若姐姐消逝，她除了一身軀殼還剩什麼？

於是，日記、信件、抽屜裏某位愛慕者贈送的照片、禮物，她知道姐姐的眼睛已讀遍每一處細節。不算偷窺，也不是分享，是共存共鳴。十八歲那年，當她們在雨季的最後一天把媽媽的骨灰依囑灑海，回程的火車上，她凝視窗外雨霧縹緲的蒼綠平原，遼闊得沒有方向、失去時間，悲傷地覺到少女時期已永遠消失，生命中華麗的、寒傖的謎也隨著媽媽化爲塵埃，而她終於可以從一捧土、一擔磚開始砌築自己的屋。然而，也就在這一刻，從車窗映影中，她看到坐在旁邊打瞌睡的姐姐，格子襯衫、牛仔褲，頭髮削得薄薄的，全身朝她身上靠過來，倏然驚覺，身材、打扮與她愈來愈見差異的姐姐，什麼時候起穿越孿生姐妹的領地，一個人出門攀山涉水，如今雨中歸來，搖身變成要終生守護她的情偶？

她忽然明白一件事，媽媽沒有走，她的魅影正隨著火車穿雨而飛，頻頻回頭，用瀲灩癡迷的眼神俯視紅塵中看起來像天生愛侶的兩個女兒。那頂紅草帽如一朶波斯菊，在空中翻騰。

4 姐

一切的轉變在第一個颱風登陸前已露出端倪。

事實上，從端午節過後她漸漸嗅出不尋常的氛圍正在她們之間醞釀著。首先，妹妹回家的時間愈來愈晚，她的說法是加班；接著，陌生男人的電話愈來愈頻繁，妹妹一接著立刻切到房裏的分機，關起門講了許久才出來，她的說法是客戶討論公事。在幾次劇烈的爭吵後，她更換方式，不再質詢她的行蹤，改用消極對抗，接到電話，告訴對方妹妹不在，若留話也不轉告。她暗地構思了許久，有一天，躲在妹妹公司對面的紅茶店內等她下班，一路跟蹤，那天毫無斬獲，妹妹只不過像大多數上班族一樣，趁百貨公司打折去買幾件衣服而已。

接著，她沒太多時間注意妹妹的轉變。那塊被當作廢棄物集散中心的空地圍上圍籬了，卡車、怪手、砂石車成天轟炸她的耳朵，告示牌上寫著住宅興建計畫，是中型社區的規模。沒多久，樣品屋及接待中心花枝招展地杵在路旁。速成花圃上，一隻灰褐色的雜毛貓斜臥在韓國草皮上，眼睛眨巴眨巴，冷冷地看熱鬧。

像墓地居民受了殭屍的啓示也躍躍欲試般，幾天後，兩位西裝筆挺的建商代表在附近老鄰居的陪同下按了她家門鈴。屋子有二、三十年了，結婚生子、養兒育女都在老屋裏，說起來很捨不得，再說也找不到像這樣獨門獨院，還能種幾棵大樹的房子；但是，還能撐多久呢？颱風、地震一來，一顆心像掛在老虎嘴邊一樣。她明白了，顯然附近幾戶老鄰居初步都有興趣跟建商合作，關於條件，雙方也有誠意繼續往下談。他們邀請她出席說明會。

這事纏上了，往下就沒完沒了。媽媽生前是個精打細算的人，留下的財產夠她們一輩子過小康日子。媽媽辦事是抓牛頭不抓牛尾的，連帶地替她們部署值得信賴的代書、律師及投顧專家，只要順著媽媽的棋譜走，是可以天下太平的。她接著一一拜訪那幾位顧問，在酷熱的夏日街道上像迷途孩子，其中一位毫不意外地說：「妳媽媽十多年前就料到，那塊地遲早會蓋大樓，妳們賺到了！」

媽媽曾經推算她的運程嗎？就像掐算一條不起眼的巷弄、幾幢破舊老屋有一天會有四線道大路劃過，搖身變成新興的住商混合區般，媽媽知道她會往哪兒走嗎？

妹妹連續遲歸，索性連理由也懶得編了。她對改建的事意興闌珊，「隨便怎麼辦都好，沒意見！」彷彿跟一切無關。在氣象局發布今年第一個颱風警報那天，她看見茶几上妹妹留的紙條，度假去了，也許三、五天後回來。

似乎有什麼東西從她身上流失，彷彿她是沙塑人偶，潮浪撲來，吐出泡沫，迴旋，倒退，帶走她身上的沙。颱風夜停電，她縮入軟沙發內咬著椅墊一角，靜靜聽暴風推倒工地圍籬、樣品屋看板、掃破她房內玻璃窗的聲響……她知道雨水已經進來了，像一群飢餓的白老鼠囓咬桌上書籍，拖曳床單，爬上那面擁擠的牆……生命，有時會走到萬籟俱寂的地步，再怎麼用力叫喊還是悄然無聲，終於漸漸失去知覺，不知道自己是什麼？在哪裏？也就無從同情自己。她凝睇落地窗外狂舞的樹影，茶几上一截短燭忽明忽暗，竟興起一股毀滅也好的念頭，好像屋塌了、人空了也是自然而然的風景。

大約破曉之際，她在夢中聽到妹妹困在風雨裏求救的喊聲而驚醒，想來不是夢，是現實的聲音搭在不相干的夢境內形成疊印。外頭的風嘯漸息，雨還在下，她坐在沙發上渾渾噩噩，起身想喝杯水，猛然那聲音又出現，像海面上突然刺出一把匕首。她聽得仔細，是在外面，打開窗戶往外探，院內停了一部車，車燈把雨勢照得像幽靈之舞；車內頂燈也亮著，她沒聽錯，是妹妹的聲音，但她寧願看錯，寧願永遠不要被不可違逆的力量揪住頭髮、撐開眼睛，看她深愛的女子正在狹仄的車後座，一身赤裸地與陌生男子歡媾。

她沒有走開，甚至沒有移動視線，眼睛定定地放在宛如兩條纏嬉的大蟒身上，聽聞驟雨中一陣高過一陣的劇烈呻吟；她看到車窗被搖下一半，隨即伸出一隻婀娜脚丫，承受滂沱大雨的舔吻。她想走避，心裏喊：夠了，卻無法挪動。那隻白嫩的脚隨著車身震動而前後游移，幾乎朝她踢來……嬌酣的女聲漸次放縱，彷彿穿越綺麗的生死邊界，刺痛她的耳朵、喉嚨，她感到有一把尖鑽直挺挺刺中她的心臟，左右剜轉；視線迷濛中，她彷彿看見媽媽，提著破皮箱沿著鐵軌離開燠悶小村的媽媽，被世間種種摯愛遺棄，只有自己一個人，頭戴紅色草帽，走著走著，隨著鐵軌沉入海底，媽媽飄飄搖搖，一群小紅魚從她前進的脚縫間穿梭而過。

她不知道自己在黑暗角落箕坐多久，黎明時分，風雨似乎歇手。慢慢走到妹妹房間，門虛掩，她看見他們裸裎而睡，鼾聲起伏，像兩片光滑的葉子在春水裏悠悠盪盪。

「幫我把門帶上。」她轉身時，聽到妹妹慵懶地說。

1 0 0

台北市廈門街 113 巷 17-1 號二樓

洪範書店　收

姓　名		性　別	□男 □女	出生年份	年
地　址	□□□ (若是老書友變更地址，請填書友編號 ＿＿＿＿＿)				
職　業	□學生 □公 □教 □軍 □工商農 □家管 □退休 □其他				
電　話	宅 (　) ＿＿＿＿　公 (　) ＿＿＿＿				

洪範書友意見卡

感謝您在書海裏選擇了洪範。
爲瞭解讀者意向，提供更佳服務，
敬請塡寄本卡（不必貼郵票），即可成爲〝洪範書友〞，
我們將不定期寄贈《洪範雜誌》，
內容有書訊、書評、以及針對書友的特惠活動。
如果您已是〝洪範書友〞，除變更地址外，可免回覆；
多餘的空白卡，敬請轉介給喜愛文學的朋友，謝謝！

1. 您喜愛的文類是（可複選，其他各題亦同）：

□新詩　□長篇小說　□短篇小說　□散文　□評論　□＿＿＿＿

2. 洪範的書有兩種不同開本，您喜歡的是：

□較大的 25 開本　□較小的 32 開本

3. 您對洪範選用內文字體字型的看法：

□好看，喜歡，書名是＿＿＿＿

＿＿＿＿

□難看，不喜歡，書名是＿＿＿＿

＿＿＿＿

□沒有特別印象

4. 其他意見

＿＿＿＿

＿＿＿＿

＿＿＿＿

＿＿＿＿

5 姐妹

夢境也像颱風過後的庭院那般亂，她倒是方向淸楚，好像來過很多次，其實是第一次來。繞過彎彎曲曲的小徑，天是黑的，沒遇到半個人，路的盡頭是海，無聲之海，倒像一匹黑綢布，上面銀光點點，也不知是白色鷗鳥還是星月倒影。在陸海接泊處，她一眼就認出媽媽的脚印，比照片上的那枚大，而且像鐵鑄的。她抓住脚印拇趾往上提，果然這脚印是個蓋子，底下立刻湧上一股森冷，她往下走，狹窄的石階，似乎無窮無盡往地心延伸。她聽到自己的心跳比脚步聲還響，四周一片漆黑，那種黑是關了幾百年似的冷黑。她試著喊：媽媽！聽到回音，彷彿這地窖極爲遼闊。就在她幾乎放棄時，她聽到下面隱約傳來回答，是媽媽的聲音，聽起來還得往下再走一陣子。

「嘿，我的小情人，下來抱媽媽一下！」

媽媽沒變，還是那麼美。她伸開兩臂擁抱媽媽，媽媽吻她的耳朵，說悄悄話：「跟妹妹要永遠相愛！」聲音聽起來很遠，像風一樣。她說：「我累了，媽媽，抱緊我，我眞的累了……」

她不記得媽媽還說些什麼，只覺得在媽媽的呵護下，可以安然入睡。醒來，是個陌生房間，色彩零碎、光影浮晃，腦子像掉入水泥桶，乾了、硬了，什麼也想不起。

「妳看妳，」一張蒼白的臉映入眼簾，她記得了，是妹妹，在她後面站著一個男子，她也記得他是誰了。妹妹糾著眉頭：「縫好多針，這下子公平了，我們都有疤！」說完，摟著她的脖子嘆氣：「姐，妳好傻！」她完全記起來她有個孿生妹妹了，但不太確定她說的「傻」是什麼意思，彷彿傷口是她的，傻是別人家的。

或許是痛吧，讓她清醒起來。妹妹難得有點靦覥，介紹那位男子，她覺得他是個看起來令人舒服的人，沒什麼不好。

「姐，」妹妹握她的手，把手指頭一根根掰開，跟自己的交握：「我們都有魚尾紋了，要為自己過活喲！」

她流下眼淚，不是因為痛，也不是「過活」二字惹她傷心，大概是「魚尾紋」吧，她記得小時候媽媽說過，摸到最後會摸到魚的眼淚。

●

搬家那天，陽光摻了幾綹涼意，初秋適合用來道別，戀戀不捨中又有幾分爽朗。妹妹的家當驚人，卡車跑了兩趟才運完。

她幫他們打點，想到什麼就寫在紙上，叮嚀他們仔細辦，男友倒是畢恭畢敬聆聽，妹妹還是大潑墨脾氣：「你聽她的，我們只不過搬到二十公里外，姐以爲我們上月球啊！」近固然近，漸漸也會遠的。

她好好再看一次這個孿生妹妹，心裏還是疼愛的。媽媽給了她月夜，卻給妹妹豔陽。同時誕生的人，各有各的風景。

她送到路口，看車子轉彎而去。秋天下午，她原本要往回走，想了想又轉身，秋天下午適合散步，走一段路看看這片老宅區，興建的事已談得差不多，沒多久這些大樹院子都會消逝。

不知不覺走過頭了，接到大馬路來。她索性走下去，心情燦亮。她忽然想念媽媽，或者說，想念媽媽這個女人，她帶領她們見識瑰麗的謎。

繼續往下走會到哪裏？不知道。也許路到了盡頭，碰到廢水塘，那就照一照自己枯瘦的影子；也許下一個路口轉彎處，會遇見一個像媽媽的人，一個像媽媽一樣和她的生命緊緊印合的人。

一九九六年四月　聯合報副刊

貼身暗影

1

春雨結束前，最後一道冷鋒來襲的假日下午，一隻濕漉漉的白文鳥在發冷的城市迷飛，漩渦似地高高低低，忽然一頭撞上褐色玻璃牆。雨，下得像流浪狗。

那時，她坐在咖啡館最角落靠窗的位置，正在看書。桌上的咖啡剛續了杯，午茶蛋糕動都沒動，倒是煙灰缸裏已躺了三根煙屍。她招手想請女侍更換乾淨的煙灰缸，雖然抽煙，但她比誰都厭惡煙蒂與煙灰的存在。

正因爲焦慮地梭巡女侍的蹤影，使她毫不設防地目睹白文鳥撞牆的事故，「碰」一聲，那隻看來孱弱的瘦鳥急速往下墜落，自她的視線內消失。也許，撞牆時根本沒發出任何聲響，因爲靠那面玻璃牆的客人絲毫未被驚動，仍舊嘀嘀嘟嘟延續有意義或無意義的話題與表情。女侍過來，問了兩遍：什麼事？她指著煙灰缸：麻煩妳換一下！她懷疑自己眞的看見一隻文鳥撞牆的事故，也許是幻影，城市在雨水裏泡軟了，肌理纖維都亂了，讓人在刹那間搞不淸楚前世今生。

她正在看書，咖啡館內只有四、五個客人，假日加上壞天氣，讓人提不起勁出門。她一向喜歡淸靜，這家埋在巷內的店才開張幾個月，知道的人不多，頗符合她的癖好，平日下了班也就常來，雖然不在辦公室到家的路徑上，她寧願繞半個圈到這裏歇十幾二十分鐘，一杯咖啡，幾根煙，幾頁書也甘願。好像受刑橫跨赤礫大漠的瘸馬，每隔一程，得幻想出小綠洲，把頭倚在低矮的樹叢上朝落日方向歎息，才能無冤無仇地走下去。

〈夏日〉，George Winston的〈夏日〉，素樸的旋律裏暗藏幾個下了蠱的音符，女侍放下煙灰缸轉身離去時，鋼琴聲正好流瀉而出。她闔上書，凝睇雨景。靠窗處，一塊被幾棟高樓擠壓而顯得分外狹仄的庭園，想必是咖啡館主人開闢的。微微傾斜的草地上豎一方巨石，像是來自東部湍溪的奇岩；接著，她認出一棵年輕的波羅蜜樹正在淺土裏掙扎。這種喜歡在樹幹上開花結果的熱帶雨林悍將，一旦吮吸豐沛的雨水、摟抱溫暖季節，會非常性感地托出碩大的波羅蜜果，恍如原始部落善舞的女巫，裸露上身仰首張臂，兩脚隨鼓聲頓踏，面對烈火晃動巨乳，跳著只有上蒼與她才懂的靈魂之舞。眼前這棵波羅蜜卻需要支幹撐住，不知從那裏移植來的，倒卵形的樹葉垂掛著，好像因爲無力打撈地上那隻傷殘文鳥，以至於顯得厭世。她的視線隨著音樂起伏而滑行，水泥叢林街衢是看膩了的，打傘經過的陌生人也毫無稀奇之處，因此，她那游移的目光便像暗夜囚室裏，一名重刑犯專注地諦視面前那堵汚穢鐵壁，漸漸熔化、穿透、割開，終於看出直抵地平線、在夏季熱騰騰的風中歡嘯的雨林，連帶地，也看出自己的身影在遮天蔽日的叢林中跳躍、攀盪，擁有無上的自由與深不可測的孤獨，跟這個世界毫無關係似地繼續她的祕旅。

女侍過來添水，順便收走空咖啡杯。她看看錶，差五分三點，離四點鐘的約會還有六十五分。事實上，這件事對她而言不痛不癢，四點鐘有沒有約會並非決定她今天會到這兒來的原因；同樣，也不是因爲今天要來才把四點鐘的約會定在這家咖啡館，兩者只是巧合吧，就像她跟同在這兒喝咖啡的客人純屬巧遇一樣。她認爲，巧合之事意謂著無需多費唇舌去追究緣由，也不需浪擲情感；有時候，她甚至認爲自己跟另一個自己也是巧合地共宿在同一具軀體上，各負各的軛，各趕各的路。

重新回到書頁。那是一本描述穿越蠻荒、獨遊熱帶雨林的探險誌，她的視線像磁與鐵遇合般牢牢盯著那一段文字：

「這是最後一次看見陽光，獨木舟沿著狹窄的河道滑入雨林，膚觸立刻由炎熱轉爲幽冷。靜極了，只有船槳撩水的咕噥聲。然而漸行漸深，我彷彿聽到叢林深處迴盪著雄渾的吼嘯，從地腹升起，貫穿樹叢冠層終於抵達高空。那是一種召喚，一首編制龐大的安魂曲。河面如佈滿綠鏽的古銅鏡，兩岸叢樹在低空中枝椏交纏，形成長廊，糾結的枝條映照在河面上，影影幢幢，猶似百千個叢林獵士的黑靈魂，因獨木舟的侵擾而倏然騷動。我不敢置信自己就這樣揮別文明，鑽入這流竄著生猛力量的熱帶聖址。叢林寂靜，一隻油黑色栗鳶撲翅而起，發出足以撼醒千年雨林的嘯叫。我恍惚以為，那是我的心臟搏跳的聲音，在壓抑多年之後，今天終於發出巨響。」

她反覆誦讀這一段。稍早，當她貪婪地鋪排「熱帶聖址」的意象，幻想油黑色的栗鳶將驚翅疾飛時，抬頭，正好看見一隻不知從何處鳥籠竄逃的白文鳥，直挺挺地撞上玻璃牆，在這發冷的城市。

2

她沒想到一進門就接到哥哥的電話：怎麼樣？都好嗎？有事沒有？好，再連絡。她的回答是：還好，老、老樣子，沒事，好，再、再見。

掛上電話，立刻感覺好像沒接過這通電話。好比一個正在吃蛋糕的人，伸指壓死一隻螞蟻，繼續咬蛋糕，也是立刻不覺得剛剛壓死了一隻螞蟻。有時候，她甚至忘記還有個哥哥這件事。

看護歐巴桑的臉色不太和悅，她道了歉，在四點二十分的時候。她多給兩百塊工資，形式上抵銷遲歸二十分鐘的過失。歐巴桑說：「餵過了，身軀還未洗。」隨即開門離去。歐巴桑住附近，幫兒子媳婦看孩子、料理家務，在她找不到全職看護時，便央她過來照顧，按時計酬。久了，乾脆都不計較，付歐巴桑全薪，家裏鑰匙交她，只要早午晚過來巡一遍，做好基本料理就行了。這樣做，歐巴桑顧得了兩邊，又能攢私房錢，兩相蒙益。不過，假日另計，她要是有事出門，得另外付歐巴桑鐘點費。橫的豎的算起來，每個月的看護費夠三個小家庭開銷，但人生哪裏撿得到便宜事，家裏有慢性重症患者，錢是不當錢用的。能找到像歐巴桑這樣願意分她的擔子的人已是幸運，她因此很習慣看歐巴桑的臉色，在那張時常端出被人倒會似表情的鄉下農婦臉上，讀久了，讀得出一個舊社會老女人對另一個說話有點口吃的新時代中年單身女子的憐憫與呵惜；尤其，有寒流的冬天，當她下班回來，發現爐台上燉了香菇雞湯的時候。

室內光線黯淡，晚報報頭吸了幾口雨水，頭條新聞看來像從牲口嘴裏搶出來，沾著黏稠的唾液。從十樓陽台望出去，那是永無止盡的灰霧城市，讓人覺得時間凝滯，所有輕微的、沉重的傷感都不打算結束；一切殘喘的、化癰的惡疾也不會致命，只是拖著，形成巨大的漩渦，昨天比前天好一點點，今天比昨天壞一些些罷。有人在堆滿腐物的沼澤裏，灑了幾滴靈液，以至於枯朽比鮮嫩的青春擁有更頑強的存在意志。她點了煙，深深吸入胸腔，閉氣，讓煙在擴張的肺葉間流轉，感受濕冷密道被火把烘乾似的快意，而後快速竄升，挾著長長的歎息從鼻腔噴出。永遠的灰霧城市，她的眼睛湧上淚意，既不是傷懷也無關乎感動，勉強而言是一種載沉載浮的落寞。她想起艾略特，每隔一段時間會喚她重新誦讀他的作品的異國詩人，「有個地方是漠然無情的／在以前時間及以後時間／的一種幽光之中」，她的意識在詩句間反覆迴轉，不思不想，直到彷彿可以透破結冰似的灰霧之城。然後，她聞到從某戶飄來的煎魚味，冷鋒過境的黃昏世間，接近晚餐時刻，她覺得自己只剩下自己。

如果懂得選用亮彩油漆，這間兩房兩廳一衞的房子可以弄得很溫馨，前任屋主這麼說，他賣屋爲了換大一點的房子，兩個小孩要上小學嘛。她喜歡想起那個做父親的男人說話時眉飛色舞的樣子，多年來，她放任自己想像他們一家還跟她生活在一起，雖然這種奢侈常常被現實當場扯得稀爛。

父親的房間以前是孩子房。牆壁漆成淺藍，天花板抹上淡淡的粉紅，整個感覺就是孩子氣。嬰兒海報及輔助幼兒學習的動物畫報仍然貼在牆上，她沒撕，犯不著撕，留著至少可以產生錯覺，生命正敲鑼打鼓地開始著。

她進房，藥味像冤魂似地不散，她習慣了，有時反而必須靠這氣味確認躺在床上的枯槁老人的確是自己的父親。

「爸，我、我回來了。」通常，她會這麼開場，接著坐在床邊藤椅上，兩手手指交握，克制想抽煙的衝動。

靜極了，人去樓空般荒蕪，因此聽得到隔壁炒菜敲鍋的聲音，悍悍地，非常有氣力。每次開場之後她會陷入短暫沉默，然後換一副春暖花開的嗓子開始獨白，天氣、報紙頭條、謀殺案、股市行情、兩岸關係、商店折扣消息、防癌食物、辦公室恩仇、二十萬隻流浪狗及垃圾不落地的新措施。她就是有辦法單口閒扯個把鐘頭，好像這世間歸她管。

「是不是很棒，你說！」「天大的便宜喲！」「結果，從來沒有那麼幸運，居然……」她獨白時的慣用語，奇怪的是愈興高采烈愈不會口吃，流利得像暢銷通俗小說。

沉默，濃濁的呼吸，然而今天的沉默如鐵球丟入湖裏再也浮不起來。她的腦海迴盪著鐵鏟敲鍋的聲響而無法消音，眼睛定定地看著床上瘦骨如柴的八旬老人，恍然錯覺自己是個盜墓者，把原本躺在棺內的前朝老翁盜回現代。她深深吸口氣，似乎想辨認隔壁家鍋子裏的菜餚，晚餐時刻，飯桌上應該有一家四口：稍嫌嚴厲的父親，到處掉飯粒、兩脚在桌底下晃啊晃的小孩，抱怨安親班收費太高的媽媽……她一面憑空抽絲一面自行衍生，搓成粗繩，讓意念有所憑藉，從泥淖中抽身攀至崖頂。是的，她羨慕想像中的每戶人家，大燈大火的。他們的時間朝前走，脫殼似地，她的時間鎖在過去與未來之間的冷窖裏，兩年、三年、四年……第六年了，還沒有找到出口。

是的，床上躺的是她的父親。儘管老人斑灑遍鬆弛多皺的臉皮，難聞的濁味自半僵的嘴巴溢出，而心智早已從白髮稀落的腦部逃逸，他還是他，一個被死神遺忘、被司命之神拋棄的世間父親。他千金萬銀的人生花光了，只剩下她，陪他在半途等待，遮眼望向黃沙滾滾的地平線，不知什麼時候會駛來一輛老爺車，接他。

「爸——」她開口，像盡責的節目主持人：「哥哥來電話，剛剛，談很久。還是忙嘛，沒辦法來看你。過兩天又要出差，這回到大陸，恐怕不待個一兩個月不會回來，他們公司打算在大陸設廠嘛，誰教你生了個超級能幹的兒子……」

她愈掰得父慈子孝、兄友弟恭，就愈可憐他。不由得嘆了口氣，苦笑著。床頭桌上，一尊青瓷小觀音立著，楊枝淨瓶，斂目垂慼，左肩塌了一塊，有一回抬父親上醫院急救時碰倒的，她後來用強力膠黏好，倒覺得這尊骨折觀音跟人間親了許多。在這件事上她沒妄語，觀音是六年前父親第一度中風時哥哥從大陸帶回的，談不上莊嚴，大約出自學徒之手。此後，他以妨礙婚姻生活，避免給小孩留下驚怖的成長經驗爲由，要妹妹多擔待點。她剛開始對這尊觀音沒好印象，看久了也就不討厭，如果是學徒作品，他一定以自己母親的模樣打藍圖，這麼一想倒也暖和起來。她有時把小觀音放在父親身上，假使縹緲的心智刹那間回轉，也許他會因此想起母親的懷抱或亡妻的蜜語而獲致安慰；有時，她把小觀音放入口袋，一隻手握著它，穿越陰雨連綿的街頭去上班，好像兩個說好不拆穿彼此謊言的天涯淪落人。

「該洗澡了，爸——」平日都是歐巴桑代勞的，假日她得自己來。

她從浴室提來熱水，打開電熱器，爲父親擦澡。枯槁的身軀像窩藏蛀蟲螻蟻的樹幹，汩汩冒出腥臊之氣，兩列肋骨安靜地並排著，宛如擱置在冬天枯野上的竹筏，也許路過的水鳥會下來棲息一會兒，也許開春時竹管上會掙出幾朵草菇，但不再有吃水的機會。她拿掉成人尿布，鋪上清潔墊，擰半濕的毛巾從鼠蹊開始擦拭父親的私處。那是個廢墟，燒焦的亂草，從啄屍鷹口中掉落的腥紅瘡肉，圍著一截蜷縮的、宛如乾黑狗屎的性器。她托住他的膝蓋窩，輕輕一提即挪動他的軀體繼續擦拭臀部。擁抱年輕、壯碩的男性身體是什麼滋味？她不知道。第一次目睹男性身軀，伸手觸摸象徵猛烈的慾泉與生命火光的器官，竟是在自己父親身上。那一年父親第一度中風，她爲他淨身後獨自坐在醫院樓梯間掩面發抖，感到崩石滾落，壓塌她的玫瑰花園般驚怖。那時候她是個處女，現在也還是個處女，不同的是，那時候她可以秘密地聞到宛如從春天的山坡飄來的花香味，現在，她習慣整晚揮趕周遭的暗影，縮在自己的睡榻上，聽青春一片片剝落的聲音。

「告訴你，」她替他包好尿布，換穿乾淨衣服：「今天去相親了，同事介紹的。對方——對方看起來不錯，比我大兩歲，開家小公司——」

她陷坐藤椅，盯著那尊斜肩觀音，繼續敍述一個中年女子如何在飄雨的城市一隅跟某位男士相親的故事，她甚至描述穿著、腔調以及走路的樣子。末了，按照故事發展，應該接續兩位年屆中年的都市男女在雨中漫步，輕輕嘆口氣說：「能認識你眞好！」並且訂了下一次約……她卻停住，伸指抹去父親眼角邊的水痕，她不知道是不是適才爲他拭臉時留下的，但立即湧升的情感使她寧願假想那是父親對她的貼心反應，在這冷冷的世間。

「爸——」她忍不住從鼻腔溢出水珠：「別管我，你自個兒走吧——」

3

她全身埋入激流，赤裸裸，彎腰行走，兩手張開如長耙，捏抓軟泥，一路揮走慵懶的鱷魚，驅趕成群渡河的長鼻猴。她發怒著，尋找她的狩獵番刀與琉璃珠串，這兩樣被聖靈祝福過、帶有神力的寶物不知何故竟落入急湍。

她從水底竄升，破水而起，嘴角帶笑，兩手各執番刀與珠串，熱帶陽光伸出火舌，吮吸她身上的水珠。她如一頭銀閃閃的靈獸，躍入莽林。

埋伏在藤本植物梭織的叢林迷宮深處，她的眼睛如夜梟望穿整座莽林，她那靈敏的嗅覺與鋒利之眼，分別偵測到不遠處一條蟒蛇沿著粗壯的樹身向上攀爬，一隻犀鳥即將飛掠長滿巨型附生植物的密林，而一個披散長髮、高舉吹箭武器的壯碩獵人正瞄準鳥腹。她推測他捕獵犀鳥之後會在河邊升火，串燒獵物。而她將繞過大蟒攀爬的那棵巨樹，以矯健的身手從粗藤縫隙躍下，直接騎落在他的肩頭上。那是叢林之夜，枯枝在火焰中暴跳，火舌劇烈扭舞，照亮她與他交纏起伏的裸體。遙遠的高空，繁星熠熠。

她聽到刺耳的聲音，醒來，是個夢。那本厚厚的探險誌掉到地上。她爬起來接電話。

是同事，責問她為何缺席？那位男士依約在四點鐘到巷子裏的那家咖啡館等，而且依照指示買了一本什麼土著、探險之類的書放在桌上，就這樣等了一個多鐘頭才走。

「妳到底在想什麼？我真搞不懂吔！對自己的將來一點盤算也沒！」同事罵她。

她沒搭腔，拿著無線電話靜靜聽她講大道理，一面踅到父親房間，開燈，床上仍是那副擱淺在時間之流的身軀，然而仰躺的姿勢卻猛然讓她想起夢中那隻犀鳥……

「再、再說吧，也許有、有一天——」

也許有一天早上醒來，她將聽到時間之流衝破冷窖，沛然地流過來，浮起她，在陽光中悠然成河，一切開始的，都會結束；一切結束的，將領取新的開始。

而此刻，她替父親蓋好被子，撫拍他的額頭，關燈。她知道這波冷鋒還得持續幾天，如同貼在她背上的暗影將繼續壯大，直到遮蔽了天空。

撿起那本探險誌，歸回書架。躺下時，或許因為冷被的緣故，她忽然心平氣和地想起艾略特的詩句，好像獨坐在將熄的營火邊，於繁星熠熠的天空下誦讀：

請往下再走，直下到
那永遠孤寂的世界裏去。

一九九六年五月　自由時報副刊

秋夜敍述

1 蛤蟆與幸福祕術

瑩瑩，今晚有一隻蛤蟆陪我回家。月光隱遁，夜雨呻吟。沒有月光的秋夜，我讓計程車在大馬路邊停。在此之前，司機先生非常興奮地在車程中演講家庭幸福之道，我打算下車，他不解。我與他住的山區相鄰，他知道我此時下車尚需步行二十分鐘才能到家，而且飄雨的泥濘路會使鞋子淪陷。他驚訝地問：「妳不坐了？」口吻像我剛剛坐在他家客廳喝老人茶，他盡責地向我介紹家庭成員並且慷慨透露保養幸福的祕訣。

我有點歉疚，瑩瑩。儘管我們再怎麼努力駕馭理性運轉，某些事情仍會蹊蹺地發生，把妳帶離航道，強迫妳短暫出軌。如果妳能縱浪其中，倒也相安無事；難就難在既定秩序的運作過度強勢，容不下亂臣賊子。如果上車之後，陌生的司機不主動問我姓什麼？在那裏上班？結婚沒？爲什麼這麼晚回家妳老公沒來接妳？……這些不得不拿「眞實」材料回答、卻完全牴觸我隱匿自己的習慣的話，那麼，我是不會拿出虛構本領迅速給他一個假名、一份待遇普通的工作、一個脾氣古怪血壓偏高的丈夫，甚至一個剛滿三歲的女兒。我進入自己虛構的材料裏嫻熟地轉換語氣、情感以及話題（還抱怨保母費太高，不得不再虛構一個身體堪稱健康的婆婆來照顧她的可愛孫女）。他的談興被引爆了，關掉收音機（原本正在放送一首吵鬧的「你快樂嗎？我很快樂……」）從那時起，我彷彿坐在他家客廳，一覽無遺地觀賞臺北天空下難能可貴的幸福小家庭：眞實的、有體溫的、準時開飯四菜一湯的、每個人微笑時嘴角牽動的幅度相當一致的溫馨小戶。他勸我不要動不動就跟「老公」翻臉，他說妳們女人現在都很厲害，不管眞的假的要讓「老公」覺得他比妳厲害一……（一公分？）這是維護幸福的第一步。然而，我開始感到悲傷，無意間勾勒的遠山淡月卻惹出炊煙四起使遊戲變質。好比湖畔垂釣，沒半點消息，擲竿餵湖，背起空簍子打算回了，卻發現數條大魚亢奮地竄出水面，喜滋滋咬著釣竿大嚼。收不回竿，捉不著魚。我羨慕他，摻著難以自抑的嫉妒，一個在惡街狠巷掙生活的中年漢子能夠以宏亮的嗓門對陌生客傳播他一手揉出來的幸福，他的心中必有喜樂滾沸。然而，瑩瑩，悲傷在這個節骨眼產卵，他手中的那種幸福，不是我要的。

空計程車亮起頂燈朝前馳去，鮮黃色的「TAXI」浮在闃黑中有一種蠱惑。虛構與眞實的祕密仍在我的腦海翻騰。啓動遊戲的人半途離席，沒有遵守規則去壯大對方信以爲眞的眞實，這就是我的歉疚。可是，瑩瑩，我怎麼忍心在他信任了虛構時告訴他：以上皆非。

2 雨夜獸

沒有月光牽絆，適合一個人走。幾盞古舊路燈替潮濕黑夜鬃上浮光，光是濕的，飽含水分，幾乎往下墜落。整個黑夜固然被可辨識的樣品屋、敲去半幢的老宅、佈著翡翠色野蕨的磚牆、經年穿旗袍的寡婦開的小雜貨店及幾條往來人影佔據，然而，豐潤秋雨將它們泡軟，慈悲地晃動著，直到可辨識的一切地標模糊了，渙散了，如滂沱雨海上的浮木與枯草，整個黑夜遂恢復牠自己——一頭掙脫時間刻度與空間經緯、無限狂野的巨獸，自天空降下的雨絲只是牠頸項間飄揚的毫毛吧。瑩瑩，我們從誕生跋涉到死亡，以爲走得夠遠了，只不過在牠兩節脊骨之間繞行，使盡一生氣力屙一堆有血有淚的故事，以爲夠悲壯了，也不過是牠撓癢時爪縫裏的塵垢。不接受任何頌辭與詛咒，牠自由變身，易形爲白晝，以亮麗的光誘引我們打樁造屋、升火舉爨，安心地於絃歌中編織情網，企求攫獲永恆。每當月亮爬升，牠恢復高貴的黑澤，和藹地觀賞在牠身上升起營火、手舞足蹈歡唱古謠的人們；卻在饑餓時，恣意闖入亮著燈的房間叼食嬰兒，或採摘正在梳理記憶的老婦，或子夜時分吹著口哨歸家的壯漢……瑩瑩，死亡對我們而言何等震撼，對牠來說如此輕易。人，慣常在悲憤中譴責命運之暴行，因人相信自身爲眞，信任世界乃人所經營、拓植的世界；可是，瑩瑩，如果我做一種假設，揣想遍世界恆河沙數的人皆是牠在自身髮膚上種植的耕物，各在自己的單株上研磨生命、孵育故事，並多情地把經歷的歡愉與痛楚記憶起來。每個人磨出自己的光色並與他人的纏繞、輝映，成就絢爛且壯闊的光野。而牠，不笑不淚的猛獸，僅能透過蠶食我們而取得每一株閃爍密彩的靈光，牠必得逐一呑噬殆盡才能獲得完整，讓腹內永續地保有燃放的光野。瑩瑩，這樣的假設令人難受，因爲，我們無法掙脫牠的轄區，牠有權囓咬我們，如同我們飢餓時打開自家橱櫃選擇新鮮蔬果一般，無需歉然。

3 曼陀羅咒

所以，瑩瑩，我只是行走。在第一個轉彎處，早已人去厝空的院落裏，那叢高眺曼陀羅宛如億年女妖，百手千指地搖晃雪色毒花，形似道士誦咒時搖動的法鈴，密音如水中滑蛇。常在遲歸之夜被驚嚇，因爲月光皎潔時，女妖宛如處子貞靜，手中花鈴亦如爲婚禮盛宴準備，流淌無邪的喜氣；若逢酷寒之夜，我疾行轉彎，不折不扣撞入她懷裏，數盞花鈴在我頭上互擊，傾倒水露，發出嘆息似的微音。我抬頭，看見不遠處高樓邊壁嵌著一扇昏黃燈窗，這瞬間的凝聚，靜默中浮升驚怖意念，讓我必須揪緊衣襟安撫突撲的心臟。她彷彿微啓雙眸，自高處俯視並以優美手勢輕輕逗弄誘魂鈴說：「噓，妳什麼都沒看見，一個跟妳無關的人罷了。」啊！一個跟我無關的人必須猝亡或遭遇重創。我嗅聞她渾身瀰漫的魔味，貼近那一股飽漲嗜血慾望的勾引而無法舉足。她知道獵物是誰，她總是含情脈脈地在獵物背脊烙下誘魂鈴圖騰讓巨獸攫食，而後恢復貞靜，把玩分得的禮物——從獵物身上剝下的故事。她收藏它們，祕密梳理這些宛如瀚海般的人世故事，從中品味愛的高音與悲之哽咽，臻於感動。她沉湎於感動時，會羞慚地自萎毒花，卻在消褪時，爲了再次經歷而高舉竄放的花苞。她需要獵物。

這就是讓我驚嚇之處。如果行走中不過份耽溺於思索，我總會提醒自己在接近第一個轉彎時靠另一邊行走，並且故意讓思維停滯，不去閱讀曼陀羅那永世輪迴的咒語。

4 瘦橋

單純地行走，感受自己還有體溫，凝結於手心微微成汗，可以稱作一樁小幸福罷。尤其接近狹長石橋，橋下急溪如寶劍低鳴，劃開叢生的雜樹與莽草，自是恩怨分明。近橋右側，原有一小塊平地，隱在相思樹與芒叢之內，後來，幾個無處落腳的都市原住民搭建板屋住了下來，日月尚未調順，又發現屋傾人空，接著連殘屋遺骸也不知道被誰收拾乾淨，修了一座小土地公祠，沒香沒火，面溪度日，大約是請祂看管私產的意思吧。其實，如果不礙著什麼，板屋裏流淌的燈光也能給暗夜一點暖意；只是，這些都沒有商量的餘地了。然而，不管什麼樣的插曲忽生忽滅，這仍是我最喜歡的一小段路。經過嘈雜俗豔的密集住宅區倏然遇橋，霎時有繁華抖盡重拾素樸的喜悅。可見，山川湖泊曠野之造設自有情理，平原少險，容易把人養得霸氣，需要險江來潤一潤，讓人臨水觀照，看一看水上、水面、水底的世界。這橋接泊兩處住宅區，我每日往返，總有從實而虛、從虛而實的跌宕感；日久，倒也乾坤挪移，變成從虛而實、自實復虛了。橋還是橋，只是心轉。晴朗之日，偶有釣人，倚橋設竿，不知釣魚還是釣自己的影子？深溪出過人命，一名泅游的男孩、一名壯漢，說不定不僅兩條；白晝裏，我怎麼探看都很難相信如此平和的溪竟有噬人本領，入夜就不同，森森然若聞鬼騷味，好似冥府裏的哭河。

橋上小佇，迎面從山巒吹來秋夜疾風，與雨合鳴，如荒崗上的葬隊。閉眼，幻覺有一群歡喜小鬼自山巔躍下，於半空跣足狂奔，通過我，嬉鬧地拉扯頭髮，剝翻外衣，偷舔幾寸體溫，逝去了。然後，瑩瑩，我遠遠聽到某一棟屋傳來歡唱生日快樂的歌聲。是的，瑩瑩，我忽然微笑起來，如釋重負，到處有慶祝誕生的歡歌，到處有握拳捶墓的傷心者。

那陣掠奪體溫的魅風，無損我仍是一個有溫度的人。它們留下秋桂的清香作爲回報，香氣斷斷續續於低空迴旋，豐富了呼吸，撫慰著思維，遂怦然搖動，彷彿在天地俱焚的絕望中，跌坐，發現竟坐在濕地上，感受有情的嫩芽正株株破土且穿透我的身軀而恣意抽長；又似在割蓆絕遊的靜寂裏，忽然萌發想念，無涉一人一事，不附著於孟春立下的盟約或霜降日之餞別，因澄淨的想念而心湖平安。瑩瑩，這就是我歡喜在瘦橋上逗留並視之爲「實境」的原因了，雖然短暫，卻輕易取得化身的自由，彷若我替雨樹行走，它們爲我佇立；我替秋風沉默，它們代我狂嘯。無需掙扎，自然而然。

5 尋俑之旅

瑩瑩，我們的記憶慣常保留發生在某一特定時空的情感重量，卻讓事件的細節在時間流程裏消融，近乎泡影——這是站在後來時間裏的我們對往昔引起重級傷害之事件的蓄意迴避。譬如，妳恨一個人，十年八年後，雖已物換星移，妳仍恨；妳保留了「恨意」卻不願意保留當時的事件細節以便往後的妳有機會重新詮解——說不定詮解之後得到的就不是「恨」了。尤有甚者，爲了繼續邀集別人「共感」妳的恨，妳必須僞造（或誇大）事件細節——妳知道別人鮮有能力追查、驗證。如果有人質疑妳的恨，妳立刻摒棄之，視爲異類。所有這一切只有一個目的：讓恨的瘟疫蔓延，讓妳自己及所恨的對象生生世世永劫不復。

這只是個例子，瑩瑩。

如果，回憶也是種旅行，若追憶者不能在行前準備浩瀚的胸襟回到過去進行寬恕，將很難修復傷害，遑論贖回仍然釘在恐怖事件中的、數量衆多的自己。瑩瑩，假設每一年的刻度凝塑一個自己，我此時回顧，將看到數十個容貌雷同、神情迴異的自己分置在已逝的時光中相互推衍而生卻又肅然獨立。她們之中，少數幾個屬性歡樂，能夠愉悅地與現在的我同聚，以八歲的童音、二十五歲的談話習慣……與今日之我座談，所陳述的事件，不管隸屬哪一時間刻度，皆因現在的我積極參與，使細節發光、情感跌宕、歡樂延展，瑩瑩，這是和諧的自我倫理，快樂得不怕天打雷劈。然而，大部分的自己依舊陷在時間刻度中無法動彈，如列隊的兵馬俑。因對死亡驚怖而仇恨的童顏、因流浪而封鎖的少女；因愛之幻滅而自棄、因不義而瞋恨……瑩瑩，每當我踏上回憶之旅，渴望以母性的溫柔去解凍，將她們贖回時，那肅殺的目光怒視著，嘴角獰笑著，她們要求一個合理的解釋，爲什麼她們必須遭遇重創，承受連坐酷刑。瑩瑩，我試過各種聽起來合理的解釋，但她們依然集體怒斥，譏諷現在的我只是披著華服的髑髏，是媚俗的弄臣，她們的傷口比我口袋裏廉價的歡樂更眞實。終於，頹然歸返。瑩瑩，令人頭痛的內部對決啊！一個無法在自身之內擁有連續性和諧的人，不能算幸福吧。

6 瘦橋

一條狗過橋，濕的狗，帶病。專心走路，經過我，沒吠。忽然停住，甩雨。繼續走路，消失。

橋底綠水流淌，幾處淺灘豎起水薑，似一群正在發誓的白蝴蝶，薄香；偶有不知名野鳥站在突出的岩塊上，引吭，如朗誦牠上輩子寫的一首詩，無人聽懂，飛走。這是晴朗時節，上游畜牧戶尙未排放廢水前，天地間難得擁有的短暫歡愉，我沒事就會想一遍。瑩瑩，歡愉令我著迷，當幸福不再是分內的事業時。

7 滄海一粟

雨夜，使溪身與雜林、燈影與石橋連接成無限延伸的滄海；相互捱近、融合、擴散，時間分解，空間模糊。倚著橋欄杆、無目的凝望的我亦成爲滄海的一部分，如一只藏汚納垢的瓶子漂浮著，隨水勢旋轉，間歇地傾吐瓶內之物，終於，那一隊堅守敵對陣營的自己亦脫口而出，彷彿泥偶掉入水中。我認得最源頭的那張童顏，軟絲雜網在她身上交纏尋歡——來自死神猩紅大氅上、祂所豢養的黑蜘蛛之口；她雙眼似刀，彷彿仍看見死神在她面前萃取活人鮮血染那襲大氅，稱讚色澤純粹，隨手將一具臨死未絕的身軀抛到她面前。我依舊認得在她躲藏的田野之上，是無限璀璨星空，崇高且尊貴，充滿神祕的吸引，彷彿任何一個失路人都可以藉著仰望而進入冥想，讓靈魂獲得棲宿。這樣的星空，與死神尙未降臨前並無二致，甚至連微風梳理竹林，群蛙聒噪的聲音也依然悅耳。而她開始不信任神話與祝禱了——那些她自行繁殖、儲藏在頭顱內的美妙神話。箕踞，嘤泣，頭顱內無數瑰麗神話被狂亂的意念碎屍萬段。

嚼食月光的貓。善良的小孩不會對路旁的黑鬼栥不敬，因爲每一粒黑珠代表一個被囚禁的鬼。豐沛的河乃衆神沐浴之處，蛤蜊是祂們遺失的鈕扣！黑珠很臭，每個鬼都有又臭又長的前世，善良的小孩會採一捧用石頭敲破，讓鬼們趁夜去投胎。貓當然必須負責嚼食月光，不然睡眠的人會在次日結成一個繭。

她相信這些。

然而一切繾綣的神諭如此輕易地輾爲齏粉，她忽然懂得譏諷自己的幼稚，感知生命中充滿不可理喻的殘暴。她開始發現恨意是一帖猛劑，足以讓受挫的心靈獲得堅定；她決定把恨像一柄匕首插入心中，直到施暴者給她一個眞相。

無所謂眞相。滄海雨域，以今夜之一粟尋覓彼夜之一粟，兩粟之隔，多少人沉沉浮浮杳無蹤影，連追憶緬懷的福分都無。而我猶能倚橋佇立，恣意潛游記憶，找到她，回到在那個充滿腥味的夜野高高地將她抱起，讓她完整地面對無限璀璨的星空，尊貴且和諧，彷彿任何迷途靈魂都可以藉著仰望而獲得撫慰。然後，從彼夜起程回到今夜，帶著她以及因她而形變的她們，讓種種事件與瘀傷拆解成纖維，如一縷縷黑絲棄於汪洋。我沒有什麼眞相可以陳述，只有一種渴望吧，在幽然的秋夜獨自行走，倚橋凝睇彷若置身無盡滄海，我是那麼地渴望擁抱她們，無仇恨作梗，無瞋怒截路，與她們復合如一而成就純粹的和諧。瑩瑩，因著這和諧，我遂能預先原宥往後人生道上必然遭逢的噩事，並且相信，噩只能壯大我今夜所尋得的和諧。

就在出橋轉彎處，一棵龐然蓮霧樹下，突然躍出一隻蛤蟆，與我偕行數十步後，躍入草叢。

8 宿罪族裔

那日，在邋遢街道邊，我尋到妳的背影。都市午後，車潮似群獸奔竄，像末世災難。瑩瑩，我看到妳，心裏歡喜起來，同時交叉往來的百人之中、千人之中，妳的身影對我具有意義。我走向妳，以平常的速度，足夠讓我溫習妳我之間交編的美好時光。瑩瑩，有些人曾經與我們共同佔據某一段時空，也夠熟稔，然而分隔多年之後道塗相見——假設像那日我先發現妳一般看見對方迎面走來，我寧願折入小巷迴避，因爲交編的故事枯乾了，且沒把這人放在心裏養著，街頭寒暄，也不過是一掛柴米油鹽的話，不會問死活的。然而，瑩瑩，妳我交編的故事猶然滋潤，如江邊兀自開落的芙蓉樹，從青年滑入中歲，恐怕也會滑入白髮暮年。在那樣狼狽的街頭看見妳，我的歡喜沒有雜質，瑩瑩，新友易得易失，願意跟著老的，一二舊識罷了。

那是暴風雨正在趕路的夏季，風雲詭譎，時而有一種無邪氣息，時而又充滿即將爆發的邪惡。瑩瑩，我看見烈日在妳背後烤出汗漬，像酷獄裏殘暴的小卒用力鞭笞過妳的肉體，甚至，把妳的靈魂賞給飢餓的狼犬。

妳流著淚：「活著有什麼意義？」

瑩瑩，我無言以對。像我們這樣到了交換幾莖白髮消息的年紀，杵在大街邊沉默，於旁人看來，恐怕很突梯吧！我們的神色看起來不像在爲功名利祿談判或陷入感情糾葛需要徹底解決，誰也想不到是流水人生裏劈頭問生死的老朋友。我笑起來，因爲荒謬具有惹笑的因子，我說：「好險，是來找妳，不是參加妳的喪禮。」

妳說有一天會讓我看見妳的喪禮的，聽起來有殺伐之聲。我應該引用哪一條經律或醒世箴言規勸一個聰慧飽學、隨時激勵他人的向上意志卻長期對生命質疑的人呢？瑩瑩，彷彿有一支帶著原罪的族裔被押解到世上來，他們通常擁有稟賦與能量，能輕易獲得同儕企求不及之物，卻不易被窄化的體制收編、把靈魂繳交國庫。他們如此意興風發，宛若驕子，然而一旦碰觸生命議題，又比他人痛楚百倍；他們原應利用稟賦搜尋生命意義，可是那一份資質卻更優先地洞悉虛幻。好比交給一個智慧犯利器與幼苗，命他到冰崖植樹，綠樹成蔭了便可免罪，他明知不可能，還會耐著性子掘冰種樹？不，他會用利器封喉。對這些宛若宿罪的族裔，旁人束手無策，既不能在初始阻止他們誕生，即意味著日後無法阻止他們自行設定死亡。

瑩瑩，那日市街，我發現妳是他們的一份子：同樣警敏如夜梟，聰穎得能鑿開形上礦脈，也同樣鑄鐵築牆固守自己的宿疾。

「活著有什麼意義？」

恐怕也到了一種心境，想要試試宛若孤嶼的漂流生涯裏和諧是否可能？在自體之內、群體之中、生死兩岸的。試著在難以剷除的宿罪荒原裏清出一塊「雅量」，把在外頭哆嗦的人喊進來暖一暖。我無法回答生命意義（妳比我更擅長辯論），我只確定一件事：我們只有一次機會活著。把外頭哆嗦的人喊進來取暖，因為總有一天，一切永遠消逝。

瑩瑩，因「消逝」故，湧生不忍。不忍周遭之人無罪而觳觫，於無盡滄海之間宛如泡沫與我邂逅一場，卻不曾從我處聽得半句愛語、獲贈一兩件貴重記憶。瑩瑩，不忍見其貧。

9 幸福祕術

躍入草叢的那隻蛤蟆，恐怕不會再碰著，就算碰著，也是彼此不識。瑩瑩，若有輪迴急喘，我情願效微風自由，不願再與今生所識之人謀面。所以，指縫間的日子便珍貴起來，那些未竟之願、未償之恩都須在日薄崦嵫之前善終。瑩瑩，算盤能有多大，滾珠核帳都只算出一輩子，何況已蝕了泰半。

如果，妳仍然執意自了，我們也不需揮別的禮儀，妳有歸路，我仍在旅途。但願到了霜髮覆額年紀，我還有興致虛構一斤柴米油鹽，騙駕車的人再教我幾招維持幸福的祕術；還有半壁太平盛世，瑩瑩，讓我倚橋，看看浮雲。

一九九四年十一月　中時・人間副刊

哭泣的罈

妳自殺之後，父母才知道妳受的屈辱。

聽到妳的故事時，妳已經裝入小小的骨灰罈，住進某座山寺的某一處角落。我不認識妳，甚至不知道妳的姓名，轉述者描繪妳「文靜、乖巧、白白淨淨」的模樣，我彷彿看到十九歲的妳躑躅一條瘦影子，在人潮中過街；沿用學生時代的黑眼珠，抬頭思考公車站牌，排在第三個人的花襯衫之後，守秩序地嗅著他人的汗餿味，等待一條路線載妳回家。

妳的家庭，平凡得炸不出一滴油。父母開個小店面，做安分生意。他們像大部分的父母，心腸軟得要死，嘴巴硬得半死；不過分期待子女成龍成鳳，只要身體健康，多認點字，畢業後該服役的去當兵，該工作的去找事，該結婚的辦嫁妝，該生小孩的給做月子……他們那一代很謹慎地依著社會開列的時刻表準時送子女上車，連戶口校正的日期都不會誤的。妳的父母或許聽過別人的兒子發瘋、女兒割腕的傳聞，可是他們比地瓜還結實，認爲這種事情只會發生在家門十公里以外的地方。他們光會做替妳辦嫁妝的美夢，就算惡夢連床也夢不到有一天替服毒的女兒選棺材。妳的兄姊或服役、嫁人，弟妹尚在就讀。雖然不曾提著心肝兒說話，也不至於兄弟鬩牆。妳與撕裂的被單一起冰冷在地板上的樣子，卻永遠在他們腦海裏自動影印了。

陌生的我，陷入妳留下的謎霧。連著好幾天，一面浮現妳家晚餐桌上四菜一湯的熱煙中，妳夾菜的樣子，妳替自己準備次日便當的樣子，妳洗碗的樣子，妳坐在沙發上看很無聊的連續劇的樣子；又一面夾織妳僵硬的樣子……我無法停止自己的雜思，最後跟隨法師的超渡儀式陪妳走進靈骨塔。我知道罈面上妳的照片是笑的，除了七老八十的人在照相時習慣端莊嚴肅爲以後的音容宛在稍做準備外，二十歲以前的女孩兒，每張照片都是笑叮噹的！

笑會使人僵硬嗎？

妳的媽媽回想，妳畢業後上了一年班，至後期幾乎恐懼上班，每天早晨賴床，拖到打卡時限才出門。其實，眞正的妳已經發出警訊了，妳深惡痛絕去上班，又不能不去，家人當然無法細察行爲背後的恐懼分量；做爲一向被暗示準時搭乘社會列車的妳，從小到大捏著功課表拿全勤紀錄的，也缺乏解剖自己內心的膽量，妳不敢面對恐懼，反而基於服膺習性爲不願上班的念頭再添罪惡感。

人的成長史，往往是一部壓抑史。我幾乎肯定，妳從小不曾爲自己的存活與抉擇曝曬於烈日之下，啼哭於黑暗的曠野。妳只會做一件事：活在別人爲妳選定的路上保持緘默。妳或許曾輕度質疑，但傳統中國式非人性的管教方式，只會發布權威命令，強制執行，不給人選擇的機會與爲自己的選擇去擔負一切苦難的權力——因爲他們太愛妳，預先威脅或堵掉可能帶來不美好的路，卻不願意相信讓孩子活在自己的選擇中負起全部責任的訓練，他才能眞實地抓住生命，磨出本領，在往後風雨交加的人生，單槍匹馬地走下去。妳終於嚥口水般，嚥下所有的質疑與不愉快，沒吭一聲，繼續保有「文靜、乖巧」的美名。

當妳壓不下去了，辭職在家，開始過著足不出戶的日子。白天，空無人聲的屋子，只有妳，不知自己是什麼的妳；黑夜，喧嘩的屋內，仍然只有妳，不知爲何存活的妳。將近半年，妳從不下樓，躲在房間，漸漸連話也不說了。妳的媽媽每天中午替妳送便當，又匆匆趕回店面。家人早就習慣妳文靜、乖巧的性子，不可能嗅出這次的靜帶著死亡的霉味。他們認爲妳只是太累了，胃口不佳，需要休息，只想到替妳抓一把中藥補補元氣。如果有人細心些，當妳出現喃喃自語，恐懼踏出大門口，不斷驚慌地叫：「外面好可怕！」的症狀時，應該看出妳那可憐的小靈魂正被巨大的隕石來回輾壓；如果有人張開翅膀，載妳飛離罪惡之都，去稻田與溪流歡唱的地方居住，重新把太陽、月亮喊回來；如果有仁慈的人坐在妳面前，緊緊握住妳的手，說：「把一切都說給我聽，我替妳做主！」妳還會像毒死小老鼠一樣鴆了自己？

事發後，妳的同事到家，提起公司某位男同事喜歡說些不乾淨的話，欺負小女生的耳朵。帶黃色纖維的話語，對苦悶的辦公室而言，顯然不是新聞，只要尺寸拿捏恰當，毋需大驚小怪。但難以預防，某些意念特別旺盛的男人隨時亮出語鋒，專吃像妳一樣的小天鵝。妳沒有不聽的權力，就算倉皇走避，仍然聽到他以經驗老到的口吻，爲妳營養不良的身材開藥方，在衆人面前剝妳洋蔥。可能一陣哄堂之後，沒人在意上一秒鐘的交談。而妳，從對兩性之間的一切話題守口如瓶的傳統家庭長大，突然置身害了性病的語言系統中，內心的憤怒、羞恥、罪惡潑盆而下。放話男人從不考慮視性話題爲極機密的年輕女孩內心感受，因爲千百年來，受大男人獨裁主義管制的性語言區，教他可以隨時「他媽的」、隨地「幹恁娘」，不必受任何法律、輿論的譴責。他不會回歸人道精神的原點，思考「三字經」的魔爪也把他的母親、姊妹、妻子、女兒一併推入專供男人戲耍的語言暴力的火坑！妳畢竟年輕，只顧當下爆發身受其辱的羞惡感，不曾追溯罪惡之淵藪乃那一套長滿性細菌的觀念，及其蔓延的語言系統。他悠遊自得活在這套爺傳父、父傳子的觀念裏，被保障可以隨地吐兩性話題內的檳榔汁。他在說妳時，其實是針對所有的女性；妳以爲自己的身材又瘦又癟才被取笑嗎？那就錯了，如果妳豐腴，他一樣吐出垂涎的舌，舔妳身上的油。這也是爲何我厭惡看到琳瑯滿目的整容、整型廣告，彷彿女人的腦容量是在胸圍、腰圍、臀圍及一對傻乎乎的雙眼皮上的原因。妳愈往深層思索，愈了解發生在妳身上的被損害與被侮辱都有來龍去脈，不管歸結於社會變動、兩性結構，抑或人性底層的原慾，妳將透過歷史性的閱讀學會理智以及堅強。當他（或他們）肆無忌憚地剝妳洋葱，妳可以視狀況兵來將擋、水來土掩。妳的生命永遠不會被刮傷，因爲在妳眼中，他們何等的輕。

妳又捲入辦公室的桃色醜聞，對方的妻子趁先生出差，氣勢洶洶殺進辦公室，不問青紅皂白，拿未婚的妳當作嫌疑犯，在衆人面前高聲詈罵，用極盡淫穢、露骨的髒話替妳洗臉，要妳「勒緊褲帶，有本事到外頭找男人，不要見了人家的丈夫就脫！」

親愛的妳，我好想回到現場，像個姊姊一樣把妳拉到我背後，用不太流利的詞兒替妳擋住一個失去理智、幾近瘋狂的婦人！我不知道當時妳的同事是否見義勇爲，還是抱著不關己的態度紛紛走避？亦不知那個禍水男人有沒有秉持良知向妳道歉，還是擺出無辜的臉繼續在妳面前走動？道歉有什麼用呢？十九歲的妳已牢記一切羞辱，看到人性裏醜陋的原形，妳只會哭，鎖在房間裏哭！

眞相出現，總是傷害鑄下時。如果我希望妳原諒那對夫妻，是否苛刻呢？她暴露了極度自卑、無助的內在，只剩最後一著險棋，用潑辣的手勢持語鋒匕首，爲自己的無理強詞奪理！她以爲毀盡天下女人的容，她的丈夫便乖乖地回到身邊。而其實，最應該被庖丁解牛的，是她的丈夫及自己。親愛的，我們會發現，仍然有那麼多人在年齡、學識的虛相裏，沿用原慾處理人生，在最容易納藏貪、瞋、癡的項目裏一一逼出原形，我同情他們更甚於憐憫妳。

人的一生，就是善良與邪惡、美麗與醜陋、靈性與獸慾不斷干戈的過程，我們的赤子之心必須通過地獄火煉、利鞭抽打、短刀剜骨而後丟棄於漫漫黑夜的草叢，連飢餓的野獸也聞不出腥味了，那才是美麗的心，尊貴的心。親愛的，當我們願意接受試煉，在行走的路途中，遇到善良的、美麗的人事，應合十稱讚，學習他們的堅強與慈愛；面對醜陋、邪惡的一笑置之，視爲殷鑑，不要像他們一樣把心弄污了。如果，妳能引導自己歸皈於最初的肯定，妳不會因邪惡而否定，妳的生命將強壯如天地的骨骼，胸懷遼闊如海洋的藍色，妳的眼光深邃如眾神的眸，妳的心潔淨，好比一朵空谷百合。

親愛的，不知是誰要我告訴妳這些，也許是妳，或是十九歲時的我自己……我的話能一起裝入妳的骨灰罈，安慰還在啜泣的妳嗎？如果妳聽得進去，請妳張開小翅膀，選一個眾人皆睡的月夜，飛離哭泣的人間。

但願，妳去的地方是個寵愛女兒的國度，青青草原與雪白的綿羊，因著女兒的敍述更翠綠、更碩壯。妳可以快快樂樂地蹓躂那條營養不良的瘦影子，不高興的時候，把它掛在無人看管的大樹上。

一九九〇年五月　聯合報副刊

女鬼

炎夏臺北，眼前街道是一截發炎的盲腸，陽光撒下一貨櫃，冷的小刀。

把現實的自己遺棄於大街，盤坐在高樓的玻璃窗前，帶著奢侈的悠哉，看那具瘦小的軀體像一條花俏的肉蛆在街頭蠕動，暫時跟她斷絕關係。落地帷幕是很牢靠的框，所有疾行車輛與蝗災人潮都因框的存在而獲得解讀。對街那棵瘦狠了的槭，擺著出土青銅的絕情臉色，無疑是這幅曖昧油彩的祕密支撐。當雙向的車輛切割市招顏色，畫面變得零碎、荒唐；四竄的行人忽聚忽散，留下一些顏色，帶走一些顏色。我總算因青槭的存在不至於墜入魔幻的框內。這樣的對看彷彿已經一千年了。

的確不願搭理那條茫然的小蛆在街上掩口躲避灰塵的事實。耽溺在這個被隔離的位置觀看塵埃，此刻清楚地知道自己活著；活在一個有時看得到春日之白鷺掠過綠潭的世界，然而大部分時候像現在，是一口沾了年代的大鼎，熬著肉骨頭，響起沉悶的沸泡。我讀到一股腥香，這幅幻畫是一頁多脂肪的食譜。我彷彿聽到白袍侍者正在長桌上擺設銀刀叉，金屬的碰觸聲使夏日有了主題。想必祕密的邀請卡都發了，盛夏筵席正等待華服賓客，也等著萃取他們的熱汗，調一桶鹹鹹的開胃酒。那麼，我沒有理由取締那隻挨餓的小蟲了，她盜用我的名字，擠入人堆，摟抱自己的肉骨頭渴望接近火，幻想鮮美的肉汁慢慢滲透舌根的滋味。她活著，跟衆人一起活著。

我不忍心苛責什麼，打算永遠不告訴她眞相。漸漸興起同歡的興致觀賞畫中人物，我仍然坐著，被我拋棄的她正在百貨大樓門口按電話。夏季五折消息的懸布刷下來，畫了個泳裝墨鏡打扮的油脂少女，正好遮去她的上半身，啣接那件過於老氣的裙子及雙脚，彷彿她也是打折貨，七折八扣拍賣著。她不知道自己正站在很可笑的位置變成拼裝人被我偷窺，依舊嚴肅地按電話鍵。有位慌張男子從她身旁竄出，趁黃燈大跑步殺過馬路，有些人見機尾隨，卻被困在路中央進退不得，那些車六親不認的，就算站在斑馬線上有他的親爺爺，一樣拉一蓬黑煙賞他。這就是活得眞眞的世界。她終於接通電話，摀耳朵大喊：「請大聲點兒，我根本聽不到，這裏好吵……」服飾店的音響如山崩海裂，「什麼？再大聲點兒……」她只聽到話筒內像大卡車倒沙石，不知道誰接了電話？說了什麼？也許那個人正是她要找的，也許不是……她憤憤地掛了，衝進服飾店想找人吼：「你們賣衣服還是治耳聾的？」與她擦身而過，從服飾店走出來一位很滿足的胖媽媽牽著胖兒子的手，胖兒子牽著胖嘟嘟的蛋捲冰淇淋，冰淇淋牽著兒童的舌頭，舌頭吧嗒吧嗒朝灌氣球的小販說好好玩，小販將氣球繫在孩子的太陽帽上，現在氣球把整棟大廈穩穩頂住了。胖媽媽側身看一名剛到的女販撐開脚架，掀開大木箱，斑斕的珠子項飾激迸銳光，那女販用會施魔法的手拎出一串，圈牲口般掛在胖媽媽的脖子上，兩個女人正在鑑賞鏡子裏的幻象，她在服飾店等管音樂的人上完廁所，從衣列的空隙窺視那兩個女人的嘴唇干戈。胖兒子抱著行人號誌燈桿溜圈圈，氣球也溜圈圈，胖小子被繞住了，氣球破了，線還纏著，喊媽媽。她偷笑：「把帽子拿下來嘛，眞是的！」胖媽媽牽著胖兒子過馬路了，女販朝她們露了輕蔑的冷臉，那張臉布著善謀的狂妄，彷彿她的床底下養了隻害喜的大母貝，每天早晨嘔吐一籮筐珠子後，就舒服多了。她熟諳那些閱讀床笫與繁殖課本的人對圈套的依賴，珠子項鍊也就生意不惡了。她終於使熱門搖滾的獸聲減低，目送胖母子安全抵達對街，等待女販談妥下一筆交易，把那具電話空出來。她捏著一塊錢幣，認分地站著，開始幻想公共電話肚子裏的錢幣談過什麼？也許它們正在輪流放音：有的高聲尖笑，有的結結巴巴如含了顆大石榴，有的錢幣克藥般嘟囔：「我愛你，永遠愛你，無法自拔地愛你……」有的憤怒：「不必解釋，我再也不相信你說的話……」她非常氣餒，剛才她的錢幣只會說：「請大聲點兒……根本聽不到……什麼？……」頹喪的情緒使她疲憊起來，炎夏的陽光劃過肌膚，汗汩汩地濡濕額頭。她想放棄一塊錢的對談，讓那位等著她去做感情談判的男子去等，他若不想等就自然不會等，她忽然覺得無話可說。

這就是活著罷，我想。空中不時響起預告歡宴的高音小喇叭，揉雜在鼎沸的街聲裏。我無法攜帶親密的她一起回去潭深水綠的世界，看一群白鷺如會飛的雪。她屬於華麗的市街，與衆人一樣懷著祕密請帖，共同使用街衢，趕路、錯身而過、穿梭迷巷，趁天黑之前找到樂園的大門。每個人都希望是第一個接受灑花的貴賓，挑選美味的燉肉，啜飲餐前酒，優雅地使用刀叉。或許落地玻璃框的緣故，我隱約看到這幅歡宴圖浮凸著惡魔的背書，受邀者正走入一個被決定的主題裏，有一口大鼎等待烹調那批新鮮的肉骨，當他們在黑胡椒的誘拐下飽啖他人之肉，自己的肉也將在別人的瓷盤上消瘦。我不知道誰是這場筵席裏最開暢的嬌客？但既然隸屬市街，我再無能力阻止她去奔赴神奇的邀約。雖然，此刻的她沮喪地坐在路邊的白椅上，一塊錢幣浸泡在手掌的汗液裏。

所以，當妳——陌生的街頭女人出現在我的眼眶內，敧睡在那棵槭樹的薄蔭下，我幾乎錯認妳躺臥在我的深潭隄岸，是年輕時代熟悉的女鬼。

妳當然不是鬼。隔一段距離，仍然看得到蓬亂的髮式與汚穢的花裳。或許一切曾經鮮麗，被灰塵紡織之後，就變成人人躲避的異鄉客。妳是流動畫面上唯一的靜止，這使我的眼光梭巡得再遠終會回到槭樹與妳。我們雖同在時光中靜止，確信在妳午憩的殘夢裏，與妳隔岸對看的人不是我，妳不會發覺我正在觀看妳、推敲妳，甚至欣賞妳與青槭形成的淒美布局，彷彿在妳之前有人於樹下坐出一團灰漬，在妳之後也會有人依影續坐。不知道明日誰將坐在我的位置觀看樹下的誰？甚至不敢說，被我遺棄於街道的她，有一天會不會也成爲別人眼中的樹下鬼？但，我與妳既然目遇，妳的心飄向何處非我能及，我的心卻通過妳的睡軀飄向另一個時空，田邊壩頭，那叢鬧鬼的痲竹林，有人一直搖晃竹椏。

我還小，常常走那條唯一的土路到鎮上。水壩在路的中段，對岸竹樹高茂，蔓藤亂盪，分不清樹種，好像亙古糾纏就是它們的名字。風大的季節，整排竹樹往這岸折腰，彷彿地獄內千萬個冤死鬼，伸出綠手臂抓替身。如果風更猛，則是一億條舌頭朝路人臉上吐綠口水了。樹軀內，蟬叫得兇惡，千軍萬馬喊殺也不過如此。忽然，風停，樹靜，蟬噤，聽得見陽光的小碎步，喧嘩的河水從掣水閘奔瀉而下，打著大漩渦，不斷浮升白泡沫，又被陽光的碎步一個個踩破。偶爾落闇的布袋蓮，暈頭轉向地，像被棄的紫屍。壩路四周儘是稻原菜圃，看不見屋舍。除了早晨、黃昏上學的孩童，漫長的白晝嗅不到人味兒。我每次經過，總感到心臟的鼓動，有一股冰冷的綠霧經年籠罩著竹樹、水壩、隄路，愈靠近它愈冷。我甚至陷入臆想，看到自己走入綠霧，一寸寸被溶解，散出白煙，剩下綁辮子的紅蝴蝶結、洋裝及兩只木屐落在地上，一隻綠茸茸的野犬撲來，捧著木屐啃嚙，舔食我那溫濕的腳澤……

「你們不知道自己的小孩已經死了，還喝酒！」我躺在眠床上漫思，壩頭那團綠霧彷彿破窗而來，舉起我、晃動我。隔壁飯桌飄來菜香，人世的肉餚十分嗆鼻，卻也不難聞。掄拳鬧酒的漢子們嫌酒淡了，開始敍述鬼魅的鄉野傳奇，好像不說點刀光血影的見識，這輩子就軟了。有人在鬼月的銀光下，撞見她蹲在壩頭不遠的田溝洗衣，以為是哪家媳婦、女兒？朝她喊：「喂——誰人女兒？三更半夜洗什麼衫？快回去睡！」她沒應，兀自蹲著；那人架住脚踏車，想過岸說話，忽然不見人影，黑幽幽的原野只有一鉤冷月。他會意她的來頭，狂奔回家，一張茭白筍臉從此紅不回來，隔日起害病十多天，鬼門收關那天才能下床找拖鞋……「鬼不會老，她若不跳水，跟我阿祖同輩分，幾十年後看起來，還是未出閣的姑娘樣！」

他們說起她被人遺棄的故事，話語傳入蚊帳內，我字字句句仔細聽著，替她聽，彷彿我是她的內賊、她的耳朵。「你們不知道自己的小孩已經死了，還喝酒！」她要我這樣說，聲音在我嘴裏蠕動著，只有自己聽見。我抱怨：狗咬壞木屐，妳會賠我嗎？她說：鬼不走路，遇見風，跟風走；遇見水，跟水流。我說：「花心。」被採了會痛嗎？她說：很痛。我說：那麼夏天淹大水，水忽然退了，妳來不及跟，是不是像一塊破布搭在雞寮頂下不來？她說：得回去洗衣了，夜裏露水重，總曬不乾……

隔壁的酒味竄進來，男人們吆喝拳曲，唱得嘎響。我看見她孤伶伶地蹲在壩岸漂衣，月光月光，水聲水聲……

半夜驚醒，起來小解。飯廳空蕩蕩地，木桌、條凳乾淨得像畫上去的，鬧酒的人都「死」了嗎？逛到房間數人頭，一家子都在，鼾聲也男女老幼，茅房邊的豬圈亦傳來豬鼾。那麼 我還活著，看自己的腳趿著木屐打鼾。

有一種奧秘，我不了解，卻感覺它與現實世界重疊著，有時浮現於月光照耀的黑原野，隱喻在春日迎親隊伍的鞭炮聲裏，也同樣迴旋在水壩與竹樹、逝水與隄岸、牽牛蔓與布袋蓮共同架構的那團森冷裏。我甚至覺得，它就是現實世界的影子。木屐咬腳了，換雙大的，一路吵吵鬧鬧走壯了。可是我仍然相信那位投水村女的體味，還未完完全全從空氣中消失，她仍匿藏在茂密的麻竹叢，每當水花飛濺、光影浮遊、衆蟬淒切的剎那，她會忽然張開眼睛，看誰家父母挑著女兒的大紅囍餅報消息去，她會幽怨地朝這世界看一眼。四季風中，總有糕餅味，她的目光更綠了。

數年後，土地重劃、河川移床，我擠入人群，看挖土機剷掉水壩，樹木倒了，還挖出雨傘節蛇穴，怪手握著一窩惡蛇，朝人群邊倒，驚散婦人小孩。不遠處蔗園，有人持柴刀劈蔗，砍成數段，分與衆人吃。忽然遞來一截甘蔗，隔厝的女同學也來了，我推辭，這蔗跟雨傘節一模樣，叫我噁心；她倒是甜滋滋地啃，蔗渣拋入乾涸的河床。我的心溯洄遙遠的過去，曾經糾纏幼年心靈，水的澎湃、水的絕情、水的柔媚、水底呻吟的女聲，都已歸還塵埃。壩岸被綠霧鎖了近百年，這時才天亮。我既慶幸他們撕走感情信仰裏艱深的章節，又惋惜奧義之書太早被沒收。女同學在我耳邊中蠱似地嘀咕，夾雜嚼蔗的唇齒音，如果螞蟻有翅，大約已聚飛空中吮那多糖汁的唾沫吧！她描述某家成衣廠的優渥待遇，彷彿再也沒有一條路更適合國中畢業的女生。我看了她一眼，嫉妒她輕而易舉為自己的前途做了決定，我倔強地說：「我去念書，走得遠遠去念！愈遠愈好！」

工人沒動那叢大痲竹，彷彿沒瞧見它在薄秋的原野散出粼粼綠光。動工前祭祀的牲禮擱在竹叢邊，三根香炷立在土隴上，丫頭一般卑屈。她仍在等待，挽一個小髻，設法擰乾水淋淋的衣袖，哼那年代的姑娘懷春時哼的小曲，她仍在等待。

獨行於異域天空下，從一滴眼淚掉地發出清脆聲音開始，體悟在生命之外無法討論生命，死亡僅是生命單行本的版權頁，或者封底，無法注解艱深的內文。離了自身生命，亦找不到一本解謎全集，可供抄襲、舞弊而通過試煉。謎題與謎底，從誕生之日即已全部儲存在每個生命，隨著身軀一寸寸抽長，謎題由小而大湧現，謎底由淺入深地被尋找。我既驚訝在羸弱的生命內蘊涵無盡的寶藏，又感到回歸自己去翻箱倒篋地尋覓解答需要大力量——回得來，生命有了戶籍；回不來，成了識字的孤魂野鬼。那顆倔強的小淚凝為珍珠滾回過去，我從未如此完整地回頭看清楚來龍去脈，它穿鑿時空，重新化成一滴水，著床。所有震懾的情事，經驗的風土，如一瓢瓢水、一場場沛雨納入河床，也逼寬了床面。孤燈下回瀾，諦聽狂濤呼嘯，冥思桃瓣勾動水紋，感悟種種挾沙帶泥的世事，單一面對時，固然沉甸、汚穢，一旦擲入生命之川，只會壯麗水的氣魄、溫柔水的恣態。透過一次次感悟，更被生命吸引。那叢麻竹林，象徵著年輕歲月的險灘，它揭示生命自有不可理喻的暗礁，總有人在懷春的民謠裏滅頂。巨礁固然兇險，但不是死路，何況激河沖出腹地，也不難在春日長出一蓆翠草，自己認得路回到溫暖的草蓆上躺臥，看河水飛躍礁石，漫過草岸，搓揉受傷的脚趾。月光月光，水聲水聲。

甘蔗在故鄉的田裏抽長，等待柔軟的女唇。我的同學進了成衣廠，無法爲自己縫紉華麗衣裳。婚變之後，她帶著空洞的眼神回到村裏，每天徒步到河邊，坐著，茫茫地遠眺小鎭那兒的夫家。河，早就瘦了，一個身軀臃腫的少婦找不到等量肥碩的河負載她，除了空茫茫坐著，喃喃自語一些舊事，連野犬踅到身後嗅聞，也不驚了。

女同學的病沒好過，也好不了。那叢麻竹躲在新造的樓厝間，寒傖得可笑。我卻相信女鬼還未走遠，學會在空氣中漫遊，竊聽月光下少女的心跳；她對大紅囍餅仍然過敏，遂悄悄在餅面灑巫粉。她橫了心穿一襲濕衣服，可是得讓人知道濕的難受，彷彿多一個女人霉了，她的衣服就乾一寸。我那河畔同學並不知道自己是個傳人，成了麻竹叢的新筍。

生命，有時連鬼神也無法踰越那分孤寂。一個個敬睡在太陽底下，飄息於黑曠野的人，如尖利的犬牙反過來啃嚙生命的頸脈。捨了身、化了塵，那口冤卻不肯散，一朵朵烏雲浮在人世半空，獰笑活著的人，嫉妒活著的人。

炎夏街頭陌生的女人，妳在槭蔭下，睡得生鏽了，不知道頹喪的她從白椅站起，用一塊錢幣跟妳打了招呼，傾訴只有女人能懂的耳語。而後，她穿越灰煙漫漫的大街，上了樓，此刻疲憊地在我身旁午睡。我不會修正她醒後的去路，揣在衣袋的邀帖也無須撕毀，她必須去，與衆人一起赴宴，坐自己的席、歷塵世的險。

而我將守候在壯麗的河域，爲她漂洗多塵的影子。她若好心眼，邀三兩個相惜的回來小聚，我自會抖一件曬酥了的衣，送給那位水淋淋、又哼著小曲的閨女。

一九九〇年十月　聯合報副刊

一九九六年五月　修訂

雪夜，無盡的閱讀

1

我應該如何閱讀一個旅人的故事才不會驚動早晨的陽光？

春天已經破冰了，當我這麼想時，彷彿看到無邊際的透明冰河上，一名瘦女子悠閒地散步，在她的步履起落之間，冰層脆聲而裂，露出水，晃動雲影天光。這樣的想像當然超脫現實，但唯有如此才能形容今天早晨當我睜眼，看見窗玻璃被陽光鬆成亮銀色時的喜悅。好像人躺在巨大的時間轉盤上，沿著刻度慢慢轉動，終於從冷冬移至春分。被亮光穿透的感覺使我產生輕微的幸福感，小型嚙齒動物輕咬的那種；尤其空氣中有一股乾燥的香氣，接近剛成熟的柳橙掉在新鮮草地上的氣味。我因此覺得世間一切事物都因季節更移而有了新的身分與面目，甚至兀自揣想，如果仔細找，說不定可以從棉被底下拖出自己昨晚蟬蛻的淡灰色皮膜。換了個人的感覺著實美妙，雖然過去兩天，認床的老毛病使我連睡在自己的新床上都會神經質地失眠起來。

是的，從起床到發現那篇旅人故事以前，我都在閱讀陽光。

一天之中，人的情緒起伏是無法掌控的，就像測不準原理所揭示，永遠有看不見的孽賊藏在歡愉時光的毛細孔內，伺機發動偷襲，將你從峯頂推入谷底。如果，不是貪戀燦亮的陽光，我不會取消約會待在家裏做點事，如果不待在家裏，我當然不會上書房整理開箱上架但尚未歸類的四、五千本書，要不是得在書房耗很久，我就不會超量地煮一壺咖啡端上來喝。如果不把咖啡壺放在櫃子上，當然不會失手打翻。接下來的連鎖反應若以慢動作重播是這樣的：裝著黑色液體的玻璃壺自高處墜下，我本能地伸手承接，就在觸地刹那，玻璃迸裂，劃過我的手指，咖啡飛濺到我的衣服、一落書、米色新沙發，然後像鼠疫一樣滑過地板濡濕一疊亂七八糟的文件。同時，我看見指頭流血了。

我很好奇別人碰到這種意外時的反應，「該死」「笨蛋」或咬牙切齒咒了聲：「幹」，而我的反應眞是上不了檯面，居然發出卡通式的「嘞——哦」並且急慌慌地摘下眼鏡。我一面清理碎片一面罵自己「低能」，很奇怪，這一罵反而把氣概逼出來，既然事情發生了，管它去死，那就發生吧！手指還在流血，我恣意抹在淺藍棉T恤上，咖啡漬加上血印形成詭異的華麗，如龜裂的焦土高原忽然竄放紅火鶴，飛向藍天。我爲這種離譜的念頭感到好笑，乾脆脫下T恤當抹布，擦拭那疊濕答答的文件，並且決定待會兒就把新咖啡壺拿出來再煮它一壺滿滿的咖啡端上來放在櫃子上看事情會不會重演？我把文件、檔案鋪在樓梯上，讓穿透半面玻璃磚牆的陽光烘乾它們，於是，那只被黑蟑螂啃得不成體統的牛皮紙袋與我面對面了，袋上用簽字筆寫著粗黑大字：「未完成稿，暫存，一九八九。」

沒錯，是我的筆跡，但怎麼也想不起七年前把沒寫完的稿子裝入牛皮紙袋的事。這完全違反我的習慣，稿子沒寫完，表示失去熱情，當然丟入垃圾桶幹嘛費事保存？我是不是該懷疑自己提早得了阿茲海默症，要不然怎麼會覺得這只牛皮紙袋像被別人栽贓般愈看愈糊塗？當然，字跡是我的，那錯不了。

我抽出裏頭的手稿，約莫三、四十頁，一股霉濕的氣味衝入鼻腔，沒寫完的稿子像未瞑目的人，在時間的岸邊磨磨蹭蹭，等著有人聽他說罷遺言，才肯含笑離席。我神經質地捏著手稿一角用力抖鬆，趕蠹魚；忽然一張紙片飄了下來，撿起一看，沒頭沒腦寫著：

「或者，就這麼坐在樹下喝茶，看一陣野風吹過。吹落一兩粒瘦小的柿子，滾到我的脚下。

或者，我就撿起最弱的那粒，舉得高高地，跟天說：『瞧，我落了這麼久，祢也不撿我起來！』」

2

我們對記憶了解多少？自己的、他人的，以及自己與他人之間相互增刪、蓄意霸佔或祕密窺伺的記憶內容。我相信那是終年霎靆的雲夢大澤，看起來像風景明信片般簡單明瞭，當你試圖跨越，卻發現渺茫無邊，而你貧窮得連半截浮木都沒有。那麼，我們終日掛在嘴邊不斷複述、宣揚的那套記憶，可能是基於自我防衛而自動刪改、潤飾過的，像風和日麗的景致，就算有瑕疵，也是小風小雨。我們躲在裏面過日子，假裝很幸福，久了，也變成眞的。而眞正的經驗——那些以戰慄手法逼迫我們見識生命瘡孔的，卻被我們驅趕到意識最底層、最陰冷的角落去，那兒雜樹亂草，魑魅們四處漫遊、相互鬥毆。那些被埋入記憶墳場的經驗，或許將永遠不再騷擾我們的心靈，痛苦與驚懼就像別人家屋簷下晾曬的臘肉，下大雨沒人收，也跟我們無關。

我坐在樓梯上審視這疊手稿，陽光瘦了下來，但還是亮得很大方。不遠處有一兩隻啼鳥的聲音，悠悠盪盪地，把空間叫寬了。剛搬來沒幾天，還抽不出空認識附近環境，只顧安頓室內什物，這些將與我日日廝磨、共織未來的器物若不理出秩序，我是沒心思往外逛的。然而，此刻顯得有點荒誕，我居然為一篇未完成稿而跌回往昔，試圖鉤沉記憶，閱讀舊日。要命的是，溯洄的小徑彷彿只隨著鳥啼而短暫浮現，當我想躍入，路徑又消逝於空中。莫名的悵惘令人無處著力，也因此，我放任自己的眼光從玻璃磚牆向外遊走，院子邊有兩棵高大昂揚的木棉樹，新葉初綻，花未褪盡。木棉花總讓我想起壯士斷腕，與生俱來的烈性容不下一點猶豫、怯懦，她混身著火似的顏色，本來就不是為了自憐自艾，面對自己的生命，她也敢當刺客的。

正因為如此漫思，我忽生靈感，拿起紙片又看一遍，「……吹落一兩粒瘦小的柿子」讓我聯想到眼前懸掛於高枝的木棉花，同樣艷麗的顏色，同等粉身碎骨的氣勢。一股似有似無的熟悉感漸漸聚攏起來，在柿子與木棉花、舊日與現在之間，邊界消融，意象相互滲透；我吃了一驚，那張紙片像是預言，過去的自己預言現在的自己會在特定的情境裏發現什麼或獲得體悟的。紙片上有一抹乾血，那是不久前印上的，手指的血已經止了，剛才的小災難彷彿沒發生。我決定煮一壺咖啡，到院子曬太陽。

一直到天暗下來，我幾乎沒離開院子，或者應該說，沒離開那疊手稿。首頁右上角，塗塗抹抹後寫下兩個字「雪夜……」，大概是構想中的題目，打算以「雪夜」做開頭的吧。「我覺得有塊墨在我雪白無垠的腦中磨開」，文章是這麼開始的。

3

我覺得有塊墨在我雪白無垠的腦中磨開，黑汪汪的一池，惡意的野貓在裏頭泡爪子，到處跳逗，那雪白活活地被玷汚了。

半夜了吧，只有一兩輛車疾駛而過，擾亂秋夜涼爽的氣流，復歸安靜。我大約走了三小時，從東區某家旅館開始，無目的行走，遇天橋則上、逢地下道則入，哪邊綠燈就往那兒走，一切隨緣。在城市混跡十來年，難得像今晚這麼放心大膽，完全不理會單身女子走夜路會招致危險。事實上，我雖然看起來像個夜遊者，然而心裏只有自己，好像這麼走著走著，可以走進自己溫熱的體內，尋覓失落甚久的某樣東西或只是放鬆下來好好地歇息。正因爲如此專神，日光燈閃滅的地下道內一名亢奮的暴露狂並沒有令我卻步，天橋上邀我做愛的穿西裝無聊男子也沒有使我不悅，我甚至跨過倒臥街角的流浪漢並且讓路給幾隻從墳域奔竄而來的老鼠，就這樣走到新舊交雜、死生共處的南區邊界。

脚痠了，找把椅子坐下來，旁邊是一棵傾斜的黃槐，被不遠處的路燈照得鬼裏鬼氣。暗夜闃寂，眼前的黑暗因摻了路燈的幽光而顯出層次感，但一層比一層荒涼，像沉默的塚，新新舊舊躺的都是孤獨人；聲聲蟲唧、擦過樹葉的風，把寂靜拉得天寬地闊，使我倏然暈眩，恍如在海洋沉浮又被擲回陸地旋轉。腳是眞痠了，隱隱抽痛，憑著這一點知覺，我總算知道自己身在何處。但意識仍然像孤魂野鬼又盪出去了，時而在海洋，時而在陸地，意象雜遝、斷裂且零碎。蝴蝶跟風私奔。魚在火爐上寫傳記。而我呢？盯著地上的黃槐落花，「從秋街的敗葉裏／清道夫掃出了／一張少女的小影」不知怎地，想起卞之琳的詩，一隻腳晃啊晃，踢著椅邊的雜草。也許我只配幻想死亡的甜蜜。

原來這麼走會走到南區。我笑起來，好久沒這麼笑過，算是暗夜裏唯一的肯定句，要是有人恰巧經過，一定以爲我痴瘋了；然而，什麼叫痴瘋？只要我自己不覺得，當然可以放心大膽地笑下去。畢竟別人不能理解這種感受，好像小學時代試卷上有一道題不會做，悶了大半輩子，今晚終於想明白了，當然值得高興。實則，我應該哭才對，又不知該從哪裏哭起？要不是倦到一定程度，我不會沒頭沒腦走三小時只爲了得到「會走到哪裏」的結論；然而，笑的紋路僵在臉上以至於無法更換表情，但我眞是倦極了，把頭埋入雙掌，覺得無依無靠，而黑夜是唯一肯擁抱我、拍拍我肩膀的。

那人呢？我相信他已在旅館裏睡得滾瓜爛熟，做著夢。此刻，我坐在荒郊野外的黑夜裏回想他，一股奇異的感觸慢慢湧升，彷彿人浮在空中，可以俯瞰他、窺視他，進而把兩人亂麻似的情事理出個形狀，這是過去多年來從未有過的感覺。我想，過去太耽溺在兩人構築的井裏，雖然現實上分隔南北，自己的神魂卻與他同佔一個時間、空間，從來不想跳出深井，探頭審視井內的景致。我並非不明白耽溺的危險，但放縱自己規避，並且幾近狂暴地說服自己繼續這個實驗，證明聖潔的愛情跟體制無關。

對面馬路上，散著一頂布帽子，不遠處還有一隻鞋，是男人的。隔一段距離看著被丟棄的帽子與鞋，彷彿看懂了流離世間種種不得已的事。這路段常出車禍，那些東西說不定是某位出事者遺下的，那麼事後，他的親人摯友到現場來也只能找到一帽一鞋而已。人呢？如果人走了，他最親的人如何透過遺物重塑完整的他？我想，世間裏的繾綣情事，是不是到最後也只能得到衣冠塚而已？無所謂不朽的誓言，無所謂完整的愛，也無所謂三世一生。

一輛巡邏警車經過，頂燈像旋轉的紅花，沒看見坐在路邊的我。索性把鞋脫了，我盤腿坐在椅子上，如僧。秋夜的涼法像陌生人溫和的搭訕，我覺得彷彿有個鬼搭在我背後，害羞地，想找人聊聊天。呼吸著秋夜清新的空氣，諦聽遠遠近近的天籟，我想，人也是可以走到跟神、人、鬼都無冤無仇的地步的。

現在，隔著距離，我可以閱讀他的夢了。

一個中年男子的夢能跑多遠？以前，我以爲再怎麼天高地厚，愛可以讓人背上長出結實的翅膀，飛到無人能夠追緝的國度，在山顛水湄砌築兩人的石屋。我靠著等這一天而撐下來，不斷在等待中反芻內心世界的亮光——從幻想中一幢用堅固岩塊砌成的石屋窗戶透出來的。漸漸，我知道一旦青春被沒收了，人只剩做夢的慾望，喪失踐夢能力；一個中年男子就像厚海綿裁製的鳥，在池塘內泡了幾天幾夜，好不容易掙扎上岸，嘴巴說要御風而行，無奈全身被水分拖累，一舉步還涎著泥巴漿，註定是拖泥帶水的。我到現在才願意承認，這麼多年來等著他風乾，一起乘風遨遊，是平白無故自己哄自己而已。實則，沒有人承諾我，是我對他的愛過量了，超過現實所能負荷的，以至於不得不造夢來儲放；夢幻中，我自己替他做承諾讓夢得以穿透時間阻力繼續往前縣延。現在，我看清這一點，更加啞口無言。

而此刻，在旅館酣眠的他，如果有夢，也許只是夢回南部的家吧！我閉眼，恍如侵入他的夢境，站在他背後看著：寬敞的客廳、義大利藍皮沙發、裝飾用壁爐上掛一幀年輕時代參加攝影比賽獲得冠軍名爲「湍流」的作品，他對我描述過的——以前，我老喜歡叫他描述室內擺設，尤其做愛之後，我膩在他身上，半清醒半虛脫地要他從大門開始說起，帶我走一遍：空間、位置、光線、色彩、氣味、聲音……我記得很仔細，連哪裏最會長灰塵都知道，更隨時修訂實況，包括小茶几上一只花瓶打破後換上一盞燈。在肉體極盡奔騰、神魂幻遊之際，我隨著他的聲音「回家」，脫離那張孳生病菌、無數塵世男女在上面分泌體液的旅館床，回到「我們」的家，一起在松木雙人床上入夢。是的，上樓左轉第一道門就是臥室。

臥室門口牆上，掛一盞少女雙手捧月似的燈，圓形燈罩，淺淺流出麻雀黃的光，我知道的，我知道的。

現在，我看著他進臥室。長期婚姻讓人長出新本能，一個酩酊男人閉著眼睛也能摸進臥室，姿勢無誤地挨著妻子躺下。他說過他缺乏安全感，那個家固然有種種瑕疵，但置身其中沒有困惑不必狐疑自己是誰，他清楚明白自己的角色、妻子的習慣、兒女的個性，雖然每天有不可預測的爭執，但彼此交纏的根鬚已提前扎滿尚未到來的時間。而我是什麼？我是他每一兩個月北上出差時固定會晤的旅館情人，是他生命中意外的訪客罷。當我無數次尾隨他的聲音，自以為像希臘神話中，善彈七絃琴的奧費斯以撼動鬼神的音樂自冥府帶回他的愛妻般，我尾隨他的聲音脫離狼狽且焦躁的現實，回到綠樹濃蔭的花園。現在我弄懂了，他不厭其煩地描述自己的家，並非為了在無限自由的精神層面攜我返家、視我為妻，只是一個創業有成但嚴重缺乏安全感的中年男子，在激越的官能活動後為了處置愧疚，乖乖地躺回妻子身邊而已。

夜涼了，彷彿百足蜈蚣在我的膀子上散步。我倉皇地從他的夢境退出，不能承受自己竟然花了那麼多時間依附在他的生活上，像個躲在後院的乞丐，撿拾別人家廚房拋出的剩菜殘羹，還沾沾自喜今日的菜色比昨日豐盛。我在這一刻被自己擊潰，男人可以不懂我的內心，不懂我何等企盼完整的愛，但我怎麼可以蓄意忽略自己吞嚥破碎的愛是何等割喉，轉而依照他所剩無幾的生活空間，活生生削砍自己對愛的夢想，以便能夠塞入他的生活。小腿的抽痛延伸到心臟來，隱隱絞著，我不禁放聲吼嘯，像暗夜裏遺失幼雛的母獸，我遺失了尊嚴，在愛的聖壇上原應被供奉起來的尊嚴。

而如今，少女老了，少女老了。

4

一口氣讀到這兒，的確不是一篇讓人愉悅的文章。尤其，潛入一個女人的意識流域以偵測其心路轉折，本來就不容易寫得好，我猜當年一定寫得很辛苦，手稿上塗改的痕跡佈滿每一頁。

還是沒想起怎會寫它？一九八九，唸了兩遍，像悶在鼻腔內發癢但打不出來的一個噴嚏。那年發生了什麼事？

咖啡冷了，大約已到午餐時刻，肚子有點餓，但沒什麼食慾，不吃也是可以的。倒是陽光烈了些，把我的眼睛扎得不太舒服，乾脆把躺椅挪到廊下，今天的太陽看樣子是可以把八輩子的恩怨情仇都曬乾似地。打電話叫了外送披薩，還是吃點東西盡人事罷。其實，比較想吃義大利肉醬麵，還有磨菇湯，當然，再來杯熱咖啡就更完美了。掛了電話才這麼覺得。

「那就給我義大利肉醬麵，磨菇湯，加一杯卡布奇諾！」突然，這句話浮出腦海，「吧嗒」一聲扣上剛才想吃義大利肉醬麵的念頭，使得原本即將飄走的意念有了重量，具備不尋常的熟稔。我怔了幾秒鐘，那種感覺像碰到一個曾經很熟的人，可是一下子想不起他的名字，又相當自信沒忘記，只不過不知把那該死的三個字放在腦袋哪個該死的角落，以至於陷入短暫的痴呆狀態。接著，一些零碎、模糊的視覺印象漸次顯影，伴隨著瓷盤鋼叉相碰的匡啷聲、嗡嗡然人語、熱騰騰的食物氣味、咖啡香，以及轟炸敵營般的磨豆機的巨響。

是個餐廳，我想起來了。那天的情形立刻像沉在海底的陶罐被打撈起來：我到市區辦事，路過那兒，乾脆進去吃中餐。是個兼賣商業簡餐的咖啡連鎖店，裏頭坐滿上班族。一個胖嘟嘟的女侍把我塞到最角落最見不得人的位置，急猴猴問我吃什麼？我要求換到另一張空著的四人桌，她說對不起哦沒辦法，我們中午生意很好；果然，她的話才說完，另一位女侍帶著四位餓鬼似的上班族塡滿那張空桌。我心裏不太舒服，但生性懶散、怯懦又使我不願另覓餐廳，所以連menu都沒看，我怪腔怪調地說：「那就給我義大利肉醬麵，磨菇湯，加一杯卡布奇諾！」心裏還嘀咕：這種店有什麼好吃的？生意好成這樣，臺北的上班族眞是沒地方混了！

就在我用叉子很完美地把麵條旋成一個小陀螺送進嘴裏咀嚼時，一面吃東西一面四處亂瞟的壞習慣（通常是瞄別人盤子裏的食物，怕自己錯過什麼精彩的）使我很快看到有人推門進來。叮鈴鈴，玻璃門上的鈴鐺響著，歡迎光臨，恰巧經過的女侍說。是個女人，我對穿著摩登的女人會多看幾眼。她約莫四十出頭，中等高度，身材保持很好。頭髮齊肩，燙成細捲，定型液噴得恰到好處。淡粧，長得秀麗而含威，一看就知道是固定上美容中心做臉、指壓的，皮膚頗具光澤。她穿一件麻紗藕色短袖長西裝，配黑色荷葉浪剪裁的絲質短裙，姿態雍容，就這麼筆直地從門口往我這方向走來。我一面品嚐肉醬麵的香味，一面盯牢在她胸前晃動的一塊鑲鑽翡翠墜子，心裏估算那種水幽幽的綠法大概十來萬跑不掉時，忽然見她在我左前方那桌停下。接著發生的事情，我非常不願意再複習一遍。

那是張雙人桌，背對著我坐一位魁梧的男子，四十五歲左右，穿淺棕色水洗絲襯衫，像是商界人士；坐在他對面的是個小姐，沒看清楚長相，大概三十歲不到。跟所有的客人一樣，他們正在用餐。那位端莊高雅的藕色女士走到桌旁，啥話也沒說，打開寶特瓶——這時我才看到她拎了只汽水瓶，以迅雷速度高高地舉起，朝那位小姐胡亂潑灑，黃色的液體四處噴落，那兩人被潑得一頭一臉，那位小姐尤其渾身濕透。當男人奪下寶特瓶，抓住藕色女士的左手腕時，她那隻右手比訓練有素的警犬還敏捷，「啪！

啪！」左右兩聲，摑在那位正用餐巾擦拭衣服的小姐臉上。

「妳這個妓女，妳想刨我的底啊！」藕色女士扯開嗓門罵：「休想，我不會離婚！」

我呆住了，嘴裏含著的麵條頓時像一大綹老鼠尾巴般令人作嘔，我隨即吐在餐巾上。

男人鐵青著臉，強行將藕色女士拉出門外。所有的眼光像舔血的蒼蠅盯著那位年輕小姐，她失了魂般站在那兒，雙手機械式搓弄桃紅色針織上衣，牛仔褲上一大塊濕印子；她低著頭，飄逸的長髮自肩膀垂下，也是水淋淋地。

是的，她長得很清秀，沒經過什麼大風浪的尋常人家女兒；青春仍在她身上閃耀著，所以還可以睜著水靈靈的眼睛鑽入愛情國度宣讀自己一字一句珍藏的海誓山盟。當我們逐步走入枯槁年歲，眼睛除了佈滿世俗血絲已找不到無邪的水波；我們臃腫了，攤在床上大口咀嚼肉體的滋味，譏笑宛如百靈鳥般在高空鳴唱的戀歌；我們也變成精算家，懂得追求情感裏的「利潤」。

而她不是。也許談過一兩次失敗的戀愛，但在慾望面前，她絕不是恣意寬衣解帶的玩家。像她這樣的女子，說不定從校園時代開始便在月夜下私密地編織理想的情愛世界，她會這麼想吧：好比在一棵有風有雨的麵包樹底下，兩個人各騎一匹馬，持方天大戢分道奔蹄，以戢畫地，馳騁出自己的疆土。分開看，各有各的綺麗山川，合併看，明明是完整的兩人世界。平日各自砌築王國，黃昏時高呼，也知道回到大樹下廝守，無限寬廣，卻又窄得沒有空隙讓奸細藏身。

她這麼想，也就這麼尋覓，睜著惺忪的眼睛走一趟世間，要找那個可以跟她天寬地闊又同命共體的伴侶。她沒有想到自己會一脚踩入別人家的庭園。

一名女侍過來清理桌面，另一名擒著拖把、嘟著嘴拖地。年輕小姐如夢初醒，提起皮包正要離去。咖啡店的音樂照常播放，客人照常用餐，語聲照常嚶嚶嗡嗡偶爾露出幾聲哼笑，衆人的眼光像白刀子挑斷年輕小姐的衣扣，剝光衣服，恣意強暴、訕笑。就在她往門口走的時候，那位發怒的藕色女士自門外衝進來，又是清脆的兩巴掌甩在年輕小姐臉上，繼而對追上來的男士厲聲宣告：「你打我，我就打她；你逼我死，我一樣要她死！」

這絕不是愛情。愛情裏怎麼可以有傷害、殘破、仇恨、罪惡與污穢？如果愛情裏有這些，尋覓它的人跟翻垃圾箱的餓鼠又有什麼差別？

是的，藕色女士的寶特瓶裏裝的是尿。

●

披薩送來了。真後悔想起這些不愉快的浮生俗事，搞得自己一點胃口也沒，勉強咬了幾口，即塞入冰箱。沏了一壺花果茶，回到廊下時，野風吹翻手稿，有幾頁飄到木棉樹下。

仰首從兩棵木棉糾纏不清的枝條間望天，覺得天空是沒辦法修復的破鏡，扔也扔不掉的；你照著，每一片碎面都忠實地現影，卻無法拼出完整的你。

記憶也是如此吧。七年前，目睹那一齣情愛荒謬劇，我想我一定潛入那位年輕女子的意識纖維，跟隨她沉浮於那一筆千瘡百孔的情債裏，浮的時候以爲快熬出頭了，沉的時候如在煉獄。或者，換個角度看，也可以說那位陌生女子將她的痛苦植入我的腦裏；當餐廳內的客人以觀看免費工地透明秀的亢奮表情睥睨她，而她所付託的男子無法爲她解圍時，我不忍逃避地承接她當下的羞辱與痛楚。雖然，表面上看起來，坐在她附近的我，怎麼看都是一臉懦弱相的。

存在於她與七年前的我之間的，或許可以稱作意念的附身吧。我幻化成她，去體驗她的無助與狼狽，去目睹原本純潔如早春百合的愛，如何被粗暴的世間力量斲斷，棄置於汚穢的陰溝內。藕色女士自然是有傷的，可以大鍋大鏟炒熱她的傷，那男子也說得出一籮一筐的無奈，唯獨她只能沉默，無處容身。

正因爲心疼她走了艱險的路，七年前的我才會鑽入她的運途，與她一起匍伏吧！難怪現在怎麼回想都想不起那年夏天以後，關於我自己的生活內容。

離開那家咖啡店後，那位穿桃紅針織衫的女子到哪裏去了？像通俗劇一樣哭泣、割腕、住院嗎？還是洗了澡後睡一覺？她知道在浮世荒漠裏，有個路過的陌生女子在剎那間對她心生憐惜嗎？而這種憐惜，在她那宿命糾葛、俗世課業裏，或許不會有人願意給她。

我猜，當年一定差點在她的意識湍流裏滅頂，因為接下來十多頁的手稿內容不僅晦澀、錯亂，而且低調得簡直像臨終遺言。不過，這一大段後來用紅筆劃掉了，顯然當時自己也極度掙扎，不知如何收尾，才會擱筆讓它變成「未完成稿」吧！

手稿的最後幾頁，塗塗改改地，能辨認的部分是這麼寫的。

5

我逼迫自己回想三小時以前的事。在這樣枯寂的夜，如果生命要繼續，就必須先把自己弄痛、弄麻了，才有氣力往下走。

三小時以前，我從旅館出走時，他剛睡著。我站在床前看他，那張臉曾經是我眼底唯一的風景；然而剎那間，我的體內彷彿充滿浮冰，被遙遠的冰河召喚著以至於顫動起來，有個聲音在耳邊說：不是他，走吧，不是他！

如果能夠撥回時間，我情願回到三小時以前替他消掉那幾句話。人，能自欺下去也是一樁小幸福，怕就怕走了泰半的路卻被拆穿，回不了頭，也沒力氣走下去。

我原以爲我與他可以在無人叨擾的精神世界裏偕老，純粹且靜好，就這麼神不知鬼不覺地把彼此的一生編織起來。我以爲我已經完完整整地佔據他的心、盈滿他的記憶，如同他完完整整地盤繞在我的白晝與黑夜。只有如此，我才有方寸之地容身，站得穩穩地，繼續跟現實戰鬥，無視於周遭的嘲諷。

然而，三小時以前，他在我面前打開記憶錦篋。我從他緩緩敍述、語調憂傷的聲音中，彷彿看見這只錦篋一直埋在瀑布湍流下的深淵，用水草綑著、石頭壓著；而他無數次潛入淵底，摩挲它、審視它，深情地追憶往日年華。他看著我，實則，通過我望向遙遠的過去；他只是藉著我的形體——一個女人的形體做支撐，讓鎖在記憶錦篋內的另一段戀情，另一名女子現影。像善樂的奧費斯坐在曠野，對著任何一個路過的婦人或任何一棵枯樹彈奏七絃琴，吟唱他歷盡艱險自冥府帶回亡妻，卻在即將步入陽世時違反與冥王的約定，回頭看了妻子一眼以至於永遠失去妻子的悔恨。失妻的奧費斯沉浸在自己的情濤內，路過的婦女只是路過的婦女，枯樹也只是枯樹，任憑他盯著它們百千遍，也是不相干的存在。

我才明白，現實裏，那個時有爭端的家是他泊靠的港；形而上，那只錦篋才是他藏身的祕所。我是什麼？我是路過的婦人，是一棵無花無果的瘦樹。

「你……你想她嗎？」我存心這麼問，也到了聽眞心話的時候。

「是。她是個讓人難忘的女人，我永遠沒辦法忘記她……」

此刻，如果他有夢中夢，是夢回南部的家躺在妻子身旁而後安心地夢見難忘的情人吧！被摒棄在夢之外，我把自己拎到這荒郊野外來，覺得心被極地的冰岩封住了，彷彿有塊墨在我的腦中磨開，黑汪汪的一池，浸汚了我曾經信仰的雪白……

6

「未完」，文稿的最後一頁標示著。

閱讀這樣的舊稿，眞像死了幾十年後，魂魄飄回葬崗，給自己的枯骨殘骸做考古研究，時間不對，心境也不對。然而，既然發現它，又不能假裝沒這回事，「未完」的意思就是不管好壞，等你給它一個結論。

我想，最擅長抽絲剝繭的人也沒辦法給人生一個結論吧！遇合之人、離散之事，同時是因也同時是果；人在其間走走停停，做個認眞的旅行者罷了。把此地收穫的好種子攜至彼地播植，再把彼地的好陽光剪幾尺帶在身邊，要是走到天昏地暗的城鎮，把那亮光捨了出去，如此而已。

當然，文章還是得收尾的。陽光被黃昏收走了，我信步走到木棉樹下，拾幾朶完好的花打算放在陶盤裏欣賞，順便推敲文章的收法。

也許，把這篇未完成稿定爲〈雪夜日出〉，今晚就潛回七年前，帶回那名在浮世紅塵裏尋覓完整的愛的年輕女子，及擱淺在她的意識流域內的我自己。

結尾就這麼寫吧：

「我知道穿過這座墳塋山巒就能看見回家的路，閃閃爍爍的不管是春天的草螢還是冥域鬼眼，至少回家之路不是漆黑。我也知道冰雪已在我體內積累，封鎖原本百合盛放的原野，囚禁了季節。

我知道離日出的時間還很遙遠，但這世間總有一次日出是爲我而躍昇的吧，爲了不願錯過，這雪夜再怎麼冷，我也必須現在就起程。」

一九九六年七月　聯合報副刊

【輯二◆磚頭紅】

女兒狀

我總是看見妳的臉，彷彿時間知趣地自妳兩翼滑過，絲毫不敢腐蝕這張宛如天使的臉龐。

當我駐紮在自己的生活裏，像一個馴服的市民沿著滿街霓虹無目的行走，總會在某個剎那忽然疑惑或是清醒：我在哪裏？那瞬間是寂寞的，暴雪壓枝時節，一隻小粉蛾的寂寞。通常在用力吞嚥唾液逼出一層薄淚後，繼續在街衢行進。而我知道每經歷一次瞬間，總有幾絲幾縷的「我」被抽走，妳能想像那種情景嗎？有人隱匿於半空，熟練地自妳的毛衣背後抽線，妳完全了解這種遊戲，卻束手無策。

不同的是，我自願。漸漸也能享受這種抽離所帶來的歡愉。至少，能夠再次與妳見面，在我秘密允諾過的海邊。

妳比我長一歲，住在不同鄉鎮。我仍記得認識妳的那天，沿路的稻田綠得像太平盛世。坐在摩托車後座的我有點緊張，盯著遠處某間民宅默誦一首詩，直到看不見了，換另一根電線桿背另一首詩。我不知道自己夠不夠幸運，但是非常希望能「爲校爭光」——多麼令人莞爾的念頭，我相信妳也是。帶我去的老師提到幾個強勁對手的名字，使第一次參加朗誦比賽的我倏然沮喪起來，妳一定了解那種情緒，渴望超越對手卻又洞悉自己的虛弱。

妳比我想像中嬌小，像從深秋橘園某顆大福橘剝出來的一瓣彎肉，牽著白色筋絡且湧出三兩滴琥珀色汁液。我無法解釋爲什麼用這種可笑的想像紀錄妳，也許是貧窮時代對食物的慾望比較發達，也許年紀太小無法使用繁複的文字，不管如何，在學會以高貴、典雅、脫俗、樸素……等符號系統紀錄人事之前，妳是我鄉村時代蔬果時期的珍貴記憶。然而，見到妳的那一霎，我強烈地討厭妳，那是成人世界不易理解的孩童式直覺，雖然，主辦學校的教務主任正在介紹評審，說明比賽規則，參賽的我們也尙未抽籤決定次序與誦詩內容，但我知道妳會摘下冠軍。

每一首詩渴望被高聲朗誦，如同每一樁故事企求被完整保留。多年之後，我漸漸明白自己之所以落敗，並不是抽中的那首詩過於平庸，而是事先聆聽了妳的朗誦，宛如天使清音點醒雪封枝椏裏的每一粒花苞，讓折翅粉蛾也有想飛的慾望。妳的臉細緻勻淨，那首詩藏在眉目之間，含笑起伏。我被妳吸引，歆羨妳擁有我從未見識的華采。以我們當時年紀與成長環境，很難說妳已窺得文學堂奧，也許是沛雨平原自有一股風情，在人的身上孵育出渾然天成的氣質，那首詩正好如一群白鷺遠道飛來，棲息在妳的水鄉澤國。

是的，妳拿走冠軍。我與另一個人同列第三。是的，我擁有的獎狀已夠糊滿一牆壁，可是對霸道的孩童而言，她不允許別人拿走最好的那一張。說不定妳也有同樣困境，過早在學校生活裏集寵愛於一身，不知不覺抽長惡質芽眼，漸漸變成罹患「戀冠軍癖」的小孩，拘泥在狹窄圈子欣賞自己的龐大身影。我必須感謝妳帶來強而有力的一擊，放學回家，我繞到河邊叢竹背後那間堆放農具的稻草寮，番茄園與野生的九層塔散發辛辣香氣，黃昏緩慢地降臨，人有人的歸途，草木鳥獸各有其安頓與隸屬，我蹲在河岸，從野蕨的縫隙看見自己的倒影，浮動的、模糊的，竟有想淚的衝動。書包裏，那張獎狀捲成圓筒型，擱在每個禮拜四營養午餐才會加發的、不知來自何處援助偏遠學童的方塊奶製食品旁邊。我應該感到高興才對，這一天獲得的東西都是珍貴的。然而，我聽見妳的聲音，如一艘神奇的長舟航向無垠海洋，鳥飛魚躍，綿密的翡翠雨相互敲擊而成妙音，我看見妳的臉，如此靜好。第一次，我攤開獎狀，仔細閱讀每一個字，了解意義，又不可思議地逸走，覺得它與我無關，只是一張印著國旗、鑲閃金花邊、蓋一枚大紅印的紙。我開始厭棄自己的世界，並為種種自負、驕縱的行止感到猥瑣。來自對手的啓發往往比膩友的忠告更具顛覆。我現在清晰地看見那名綁雙辮的女童蹲踞河邊慢慢撕掉一張印著「獎狀」二字的雪銅紙、付諸流水的意義。然而，她尚無能力描繪未來，貧瘠年代的女童，只是龐大運作體系裏一個個感嘆虛字而已，一壁榮譽狀也無法預測按在背後那枚命運朱印的內容。多年之後，我才知道妳給了我一次機會，種下「追尋」的種子。有一個更美好的世界在遠方等著，美好到值得為它流淚。

後來，意外得知妳們家與我的同學有姻親關係，兩家偶有往來。當時，鄰鄉通婚的例子頗多，交織出的鄉鎮地圖上，常常是滿盤親戚。再見面時，妳已小學畢業。暑假剛開始，我與同學騎車打算到海邊撿貝殼、石頭，她說：「妳講的那個第一名住在附近呢！」既是親戚，她提議邀妳共遊。

妳臥病的母親強烈咳嗽，一屋子熬煎的中藥味嗆得令人窒息。她顯然對我們的造訪感到不悅，只說某位隔厝大嫂帶妳去成衣廠應徵，妳是長女，女孩子唸不唸書以後還不是嫁人，做女孩子要認分。

妳追尋過嗎？我看見好幾張獎狀用飯粒貼在穀倉與廚房之間的牆壁，上面不知被誰用藍原子筆恣意圈畫，還沾了幾粒乾硬的米飯。妳的名字一遍遍在我耳邊響起，從妳母親的咳嗽間隙、從獎狀字面、從我想像過的神奇長舟裏，一再交雜、跌宕，我竟無法分辨何者為真？稻埕上，兩個垂涕男童在雞冠花叢邊扯衣爭奪，一枝艷冠折莖倒地。妳追尋過嗎？天空之外的天空，山巒背後的山巒，有一個更美好的世界等著，一個值得我們

為它痛哭、為它匍匐的美好世界，妳嚮往過嗎？當命運使者粗暴地將妳壓在長凳上，掀

衣烙下大紅印時，妳是否想起曾經有一天妳以甜潤的童女之音讚美過一首詩？

我們彎入海岸石路之前，一個瘦小的身影騎車駛入通往妳家竹圍的小路，也許是

妳，也許不是，隔著一段距離無法辨認。我私心認為就是妳，格外貪婪地回頭盯著逐漸隱沒的背影，戀戀不捨。妳會遺忘我——說不定從未認得故無所謂遺忘，妳不會有機會

知道我曾想像一艘神奇長舟來保留妳誦詩的神采，並且願意獻情追尋。

我們也到了年華凋零時節，回顧往昔舊事，不免有置身霧境的感觸。如果妳與我在

誦詩比賽那一日互換運程，此刻的妳會在哪個都市的哪處角隅遙憶一段不曾交織的友誼？妳會不會從炫目的霓虹市街忽然逸走，想起我的聲音，遂秘密地在心裏推敲一首詩，想要獻給童年時渴慕的人？是的，妳的心會回到荒涼的海邊，開始為我默誦：

馬纓丹糾纏黃昏海岸

肖楠木的骨骸　裝飾碎石路

有人在芒草叢裏種植墓碑

砂丘上　駐防小兵

計算戀人信件

妳幻想已經離家出走
養一枝雞冠花　半袋押過韻的石頭
假裝自己死了一天
就這樣躺臥沙灘，等待長舟
夢著無人能追趕的夢
不再醒來

命運在遠方編織鐵網
一個驛站啣另一個驛站
舊時海岸路
一朵雞冠　依然盡責超渡
起霧的童年

一九九四年三月　中時·人間副刊

一襲舊衣

說不定是個初春，空氣中迴旋著豐饒的香氣，但是有一種看不到的謹愼。站在窗口前，冷冽的氣流撲面而過，直直貫穿堂廊，自前廳窗戶出去；往左移一步，溫度似乎變暖，早粥的虛煙與魚乾的鹽巴味混雜成薰人的氣流，其實早膳已經用過了，飯桌、板凳也擦拭乾淨，但是那口裝粥的大鋁鍋仍在呼吸，吐露不爲人知的煩惱。然後，躡手躡腳再往左移步，從珠簾縫隙散出一股濃香，女人的胭脂粉與花露水，哼著小曲似地，在空氣中兀自舞動。母親從衣櫥提出兩件同色衣服，擱在床上，我聞到樟腦丸的嗆味，像一群關了很久的小鬼，紛紛出籠呵我的癢。

不准這個，不准那個，梳辮子好呢還是紮馬尾？外婆家左邊的，是二堂舅，瘦瘦的，妳看到就要叫二舅；右邊是大堂舅，比較胖；後邊有三戶，水井旁是大伯公，靠路邊是……竹籬旁是……進阿祖的房內不可以亂拿東西吃；要是忘了人，妳就說我是某某的女兒，借問怎麼稱呼你？

我不斷複誦這一頁口述地理與人物誌，把族人的特徵、稱謂擺到正確位置，動也不動。多少年後，我想起五歲腦海中的這一頁，才了解它像一本童話故事書般不切實際，媽媽忘了交代時間與空間的立體變化，譬如說，胖的大舅可能變瘦了，而瘦的二舅出海打漁了。他們根本不會守規矩乖乖待在家裏讓我指認，他們圍在大稻埕，而我只能看到衣服上倒數第二顆鈕扣，或是他們手上抱著的幼兒的小屁股。

善縫紉的母親有一件毛料大衣，長度過膝，黑底紅花，好像半夜從地底冒出的新鮮小番茄。現在，我穿著同色的小背心跟媽媽走路。她的大衣短至臀位，下半截變成我身上的背心。那串紅色閃著寶石般光芒的項鍊圈著她的脖子，珍珠項鍊則在我項上，剛剛坐客運車時，我一直用指頭捏它，滾它，媽媽說小心別扯斷了，這是唯一的一串。

我們走的石子路有點怪異，老是聽到遙遠傳來巨大吼聲的回音，像一批妖魔鬼怪在半空中或地心層摔角。然而初春的田疇安份守己，有些插了秧，有的仍是汪汪水田。河溝淌水，一兩聲蟲動，轉頭看岸草閒閒搖曳，沒見著什麼蟲。媽媽與我沉默地走著，有時我會落後幾步，撿幾粒白色小石子；我蹲下來，抬頭看穿毛料大衣的媽媽朝遠處走去的背影，愈來愈遠，好似忘了我，重新回到未婚時的女兒姿態。那一瞬間是驚懼的，她不認識我，我也不認識她。初春平原瀰漫著神秘的香味，有助於恢復記憶，找到隸屬，我終於出聲喊了她，等我喲！她回頭，似乎很驚訝居然沒發覺我落後了那麼遠，接著所有的記憶回來了，每個結了婚的農村女人不需經過學習即能流利使用的那一套馭子語言，柔軟的斥責，聽起來很生氣其實沒有火氣的「母語」，那是一股強大的磁力，就算上百個兒童聚集在一起，那股磁力自然而然把她的孩子吸過去。我朝她跑，發現初春的天無邊無際地藍著，媽媽站在淡藍色天空底下的樣子令我記憶深刻，我後來一直想替這幅畫面找一個題目，想了很久，才同意它應該叫做「平安」。

渴了，我說。哪，快到了，已經聽到海浪了。原來巨大吼聲的回音是海洋發出的。說不定剛剛她出神地走著，就是被海濤聲吸引，重新憶起童年、少女時代在海邊嬉遊的情景。待我長大後，偶然從鄰人口中得知母親的娘家算是當地望族，人丁興旺，田產廣袤，而她卻斷然拒絕祖輩安排的婚事，用絕食的手法逼得家族同意，嫁到遠村一戶常常淹水的茅屋。

我知道後才揚棄少女時期的叛逆敵意，開始完完整整地尊敬她；下田耕種，燒灶煮飯的媽媽懂得愛情的，她沉默且平安，信仰著自己的愛情。我始終不明白，昔時纖柔的年輕女子從何處取得能量，膽敢與頑固的家族權威頡頏？後來憶起那條小路，穿毛料短大衣的母親痴情地朝遠方走去的背影，我似乎知道答案，她不是朝娘家聚落，她朝聚落背後遼闊的太平洋。我臆測那座海洋的能量，曉日與夕輝，雷雨與颶風，種種神秘不可解的自然力早已凝聚在母親身上，隨呼吸起伏，與血液同流。我漸漸理解在我手中這份創作本能來自母親，她被大洋與平原孕育，然後孕育我。

據說當阿祖把一顆金柑仔糖塞進我的嘴巴後，我開始很親切地與她聊天，並且慷慨地邀請她有空、不嫌棄的話到我家來坐坐。她故意考問這個初次見面的小曾孫，那麼妳家是哪一戶啊？我告訴她，河流如何如何彎曲，小路如何如何分岔，田野如何如何棋佈，最重要是門口上方有一條魚。

魚？母親想了很久，忽然領悟，那是水泥做的香插，早晚兩炷香謝天。

魚的家徽，屬於祖父與父親的故事，他們的猝亡也跟魚有關。感謝天，在完成誕生任務之後，才收回兩條漢子的生命。

我終於心甘情願地在自己的信仰裏安頓下來，明白土地的聖詩與悲歌必須遺傳下去，用口語或文字，耕種或撒網，以尊敬與感恩的情愫。幸福，來自給予，悲痛亦然。

母親又從衣櫥提出一件短大衣。大年初一，客廳裏飄著一股濃郁的沉香味。臺北公寓某一層樓，住著從鄉下播遷而來的我們，神案上紅燭跳逗，福橘與貢品擺得像太平盛世。年老的母親拿著那件大衣，穿不下了，好的毛料，妳在家穿也保暖的。黑色毛面閃著血淚斑斑的紅點，三十年了，穿在身上很沉，卻依舊暖。

我因此憶起古老的事，在海邊某一條小路上發生的。

一九九三年三月　聯統日報·大地副刊

女人刀

雷雨清洗午後市街時，她總是陷入毀滅的想像。高樓臨窗，霧茫茫的大雨城市壅塞著車輛與奔竄的行人，那麼喧囂，卻也千古荒涼。她倚窗看著，覺得一切都在漂浮，如枯木、草屑甚至是穿著花襯衫的屍身，搖搖盪盪，從她眼底流過。她嘴角的笑意慢慢漾開，彷彿毀滅也是應該的。

臨近下班時間，電話與印表機的聲音漸漸止息。有人關掉大燈，她習慣桌上那盞小檯燈的柔和光線，一種容許她暫時停泊，跟白晝與黑夜都斷絕關係的燈色。她摸出刀片，以女巫般虔誠的神情削鉛筆，總有十來支，長長短短，一律削成高眺針狀。她用玻璃罐收集木屑。每支鉛筆頸部位置的商標符號包括HB、6B等字樣均被她削掉，彷彿集體處了宮刑。

女人一生離不開刀，菜刀、刨刀、剪刀、指甲刀、修眉刀……她發覺自己削鉛筆的手勢像在削一尾垂老的青竹絲蛇，一竿被鷗鳥拋棄的船桅，有時也像削蘆筍。她的女兒愛吃蘆筍炒肉絲。女人持刀各有功法，最後還是把自己刨盡削完。

她的父親開啓她對刀的癖愛。

那是個南部小鎭燠熱的午後，榻榻米上，老式大同電風扇呼嚕嚕地吹著牆，她的母親正在裁一件洋裝，黑柄長刃剪刀以老練水手的姿態泅開一匹粉紅碎花海洋，布尺像蛇掛在媽媽的脖子，胸襟上別著兩根針，線拖得好長。她願意用一生來記憶那種小家小戶清貧度日的燠熱，以及母親頸項上汗水的閃光。剛學會坐的弟弟在她身後酣睡，以至於嬰兒的乳味也摻入燠熱的漩渦裏，忽濃忽淡。母親得意地告訴她，當年一起學裁縫的姑娘們不知換過多少把剪刀了，就她這把還是亮湯湯的，利得可以剪斷三輩子冤仇。她用這把刀剪出小鎭姑娘的春裝冬襖，有時路上碰著了，還會翻正人家的領子，悄悄退兩步覷那衣服。母親的收入不比當公務員的父親差，也樂得用剩布拼幾件小衫、短褲給兒女穿，但堅持只做裏衣，免得穿上街，壞了父親的顏面。她知道母親藏私房錢的位置，而且非常早熟地絕對不跟嗜賭的父親提一個字。那把剪刀，像聖物般，被母親呵護著，平常高高掛在牆壁上，不許她玩。她躺在榻榻米上睡覺，總會盯著看，院外的路燈光影晃悠悠地漫進來，在雪白的長刃上麕集，她看著看著睡沉了，夢見剪刀自己攀下來，喀嚓喀嚓爬到放剩布的簍子內找吃的，好像一個又餓又累的好女人。

她們都沒聽到雷雨，那匹碎花布已經支解成數片。她與母親正在討論要不要加一朵白色蝴蝶救一救這件碎花洋裝?雜貨店老闆娘偷偷吩咐了，這是她女兒的相親裝。她從來沒見過母親用這麼癡情的眼神凝視布片，又站起來退後幾步，看了一會兒，喃喃自語，蝴蝶結太稚氣，不如盤一朵白茶花，那麼，小圓領要比荷葉領端莊嫻淑，唉，這女孩是個好女孩，嫁得好就好，嫁不好平白糟蹋了。媽媽說。

父親水淋淋地衝進來，滿面怒容:死人了，沒看到下雨嗎?母親恍然回到現實，衝到院子收衣服。這是頭一回，她忘了給丈夫送傘，忘了燒飯。天色黑黝黝湧進來，腐蝕她所眷戀的燠熱的幸福。她縮在牆角，因爲驚懼而搓弄弟弟的脚，嬰兒的哭聲反而令她冷靜起來，於是她看到母親靜默地撿拾被父親掃落的布片、針線，一屋子全是父親的怒聲以及大同電扇的伴奏，她看到一語不發的母親用絨布擦拭剪刀，站起，走向牆壁，突然在聽到一句穢詞之後，轉身，剪刀朝父親丟去。

她把木屑趕入玻璃罐，昨天才丟進去的香水球散出淡淡的薰衣草香。還有三十分鐘才到這週的電話時間，夠她仔細削好一袋蘆筍。聽女兒說新阿姨不削蘆筍皮，她也管不了這麼做會不會讓人家生氣。跟女兒約好在巷口的便利超商見，給了東西就走，女兒問什麼東西呀媽媽?她說:媽媽也沒有什麼好東西給妳了，還不就是妳要的鉛筆屑，還不就是蘆筍。

她站在全家福超商門口看雨中夜景，覺得一切都是浮的，從一個年代到另一個年代，從這個女人到另一個女人。她想，待會兒回家問母親，那麼短的距離，當年爲什麼剪刀沒有擲中父親的身體。

一九九三年七月　中時・人間副刊

母者

黃昏，西天一抹殘霞，黑暗如蝙蝠出穴嚙咬剩餘的光，被尖齒斷頸的天空噴出黑血顏色，枯乾的夏季總有一股腥。

遼闊的相思林像酷風季節湧動的黑雲，中間一條石徑，四周荒無人煙。此時，晚蟬乍鳴，千隻萬隻，悲悽如寡婦，忽然收束，彷彿世間種種悲劇亦有終場，如我們企盼般。

木魚與小罄引導一列隊伍，近兩百人都是互不相識的平民百姓，尋常布衣遠從漁村、鄉鎮或都市不約而同匯聚在此。他們是人父、人子更多是灰髮人母，隨著梵樂引導而虔誠稱誦，三步一伏跪，從身語意之所生唸四句懺悔文；有的用國語，有的閩南語，有人痴心地多唸一遍。路面碎石如刀鋒，幾處凹窪仍積著雨水，相思叢林已被黑暗佔據，彷佛有千條、萬條野鬼在枝椏間擺盪、跳躍，嘲諷多情的晚蟬、訕笑這群匍匐的人們。

往前兩里山腰有一簡陋小寺，寺後岩縫流泉，據云在此苦修二十餘載的老僧於圓寂前，曾加持這口活泉，願它生生不息澆灌爲惡疾所苦的人，願一瓢冷泉安慰正在浴火的蒼生。當她荷月而歸，一襲黑長衫隱入相思林小徑，是否曾回眸遠眺山下的萬家燈火？蟬聲淒切，她的心與世間合流，她痛他們所痛的。那一夜，是否如此時，風不動，星月不動？

兩里似兩千般漫長，身旁的她肅穆凝重，黑暗中很難辨識碎石散佈的方位，幾度讓她顚躓不起。她合掌稱誦、跪伏，我忽然聽到她自作主張在最後一句懺悔文加上女兒的名字，聽來像代她懺悔，又像一個平凡母親因無力醫治女兒疾病，自覺失責向蒼天告罪！她牽袖抹去涕淚，繼續合掌稱誦、三步一跪拜，謹愼地壓抑泣聲，深怕驚擾他人禱告。她生平最怕舟車，途中四小時車程已嘔吐兩次，此時一張臉青白枯槁，身子仍在微微顫抖。我悄言問她：歇一會兒好嗎？她抿緊嘴唇用力搖頭，繼續合掌稱誦觀世音，跪拜，噙淚唸著「一切我今皆懺悔」。白髮覆蓋下凹陷的眼睛，如一口活泉。

若不是愛已醫治不了所愛的，白髮蒼蒼的老母親，妳何苦下跪！

然而，我只是傾聽晚蟬悲歌，心無所求，因一切不可企求。獨自從隊伍中走出，坐在路邊石頭上。微風開始搖落相思花，三朵、五朵，沾著朝山徒衆的衣背，也落在我頭上。從我脚邊經過，這列跪伏隊伍肅穆且卑微，蟬歌與誦唱交鳴的聲音令我冰冷，彷彿置身無涯雪地，觀看一滴滴黑血流過。又有幾朵相思花落了。

我的眼睛應該追尋天空的星月，還是跪伏的她？那枯瘦的身影有一股懾人的堅毅力量，超出血肉凡軀所能負荷的，令我不敢正視、不能再靠近。她不需我來扶持，她已凝鍊自己如一把閃耀寒光的劍。那麼，飄落的相思花就當作有人從黑空中掉落的，拭劍之淚吧！

我甚至不能想像一個女人從什麼時候開始擁有這股力量？彷彿吸納恆星之陽剛與星月的柔芒，萃取狂風暴雨並且偷竊了閃電驚雷；逐年逐月在體內累積能量，終於萌發一片沃野。那渾圓青翠的山巒蘊藏豐沛的蜜奶，寬厚的河岸平原築著一座溫暖宮殿，等待孕育奇蹟。她既然儲存了能量，更必須依循能量所來源的那套大秩序，成爲其運轉的一支。她內在的沃野不隸屬於任何人也不被自己擁有，她已是日昇月沉的一部分，秋霜冬雪的一部分，也是潮汐的一部分。她可以選擇永遠封鎖沃野讓能量逐漸衰竭，終於荒蕪；或停棲於欲望的短暫歡愉，拒絕接受欲望背後那套大秩序的指揮——要求她進行誘捕以啓動沃野。選擇封鎖與拒絕，等同於獨力抵抗大秩序的支配，她將無法從同性與異性族群取得有效力量以直接支援沉重的抵抗，她是宿命單兵，直到尋獲足以轉化孕育任務之事，慢慢垂下抵擋的手，安頓了一生。

然而，一旦有了愛，蝴蝶般的愛不斷在她心內搧翅，就算躲藏於荒草叢仰望星空，亦能感受熠熠繁星朝她拉引，邀她，一起完成瑰麗的星系；就算掩耳於海洋中，亦被大濤趕回沙岸，要她去種植陸地故事，好讓海洋永遠有喧嘩的理由。

蝴蝶的本能是吮吸花蜜，女人的愛亦有一種本能：採集所有美好事物引誘自己進入想像，從自身記憶煮繭抽絲並且偷摘他人經驗之片段，想像繁殖成更豐饒的想像，織成一張華麗的密網。與其說情人的語彙支撐她進行想像，不如說是一種呼應——亙古運轉不息的大秩序暗示了她，現在，她憶起自己是日月星辰的一部分，山崩地裂的一部分，潮汐的一部分。想像帶領她到達幸福顛峰接近了絕美，遠超過現實世間所能實踐的。她隨著不可思議的溫柔而迴飛，企望成爲永恆的一部分；她撫觸自己的身體，彷彿看到整個宇宙已縮影在體內，她預先看見完美的秩序運作著內在沃野：河水高漲形成護河捍衛宮殿內的新主，無數異彩蝴蝶飛舞，裝飾了絢爛的天空，而甘美的蜜奶已準備自山顛奔流而下……她決定開動沃野，全然不顧另一股令人戰慄的聲音詢問：

「妳願意走上世間充滿最多痛苦的那條路？」

「妳願意自斷羽翼、套上脚鐐，終其一生成爲奴隸？」

「妳願意獨立承擔一切苦厄，做一個沒有資格絕望的人？」

「妳願意捨身割肉，餵養一個可能遺棄妳的人？」

「我願意！」

「我願意！」

「我願意成爲一個母親！」她承諾。

那麼，手中的相思花就當作來自遙遠夜空，不知名星子賜下的一句安慰吧！柔軟的花粒搓揉後散出淡薄香味，沒有悲的氣息，也不嗟哦，安慰只是安慰本身，就像人的眼淚最後只是眼淚，不控訴誰或懊悔什麼。種種承諾，皆是火燎之路，承諾者並非不知，卻視之如歸。一個因承諾成爲母親而身陷火海的女人，必定看到芒草叢下、蚊蠅盤繞的那口銅櫃，上面有神的符籙：「你做了第一次選擇成爲母親，現在，我給妳第二次選擇也是最後一次；裏頭有遺忘的果子與一杯血酒，妳飲後更能學會背叛，所有在妳身上盤絲的苦厄將消滅，妳重新恢復完整的自己，如同從未孕育的處女。」

她會打開嗎？我仰問衆星，她會打開嗎？是的，她曾經想要打開。

多年前，當我仍是懵懂的中學生寄宿親戚家，介紹所老闆帶一位從南部來的女人，應徵女傭。約莫三十歲像一枝瘦筍，揹著布包及裝拉雜什物的白蘭洗衣粉塑膠袋。她留給我的第一印象不算好，過於拘謹彷彿懼怕什麼以至於表情僵硬。她留下來了，很熟稔地進廚房——出於一種本能，無需指點即能在陌生家庭找到掃把、洗衣粉、菜刀砧板的位置。我不知道她的來歷也缺乏興趣探問，只強迫自己接受一張不會笑的臉將與我同睡一房。然而次日，我開始發現她的注意力放在那具黑色轉盤電話上，悶悶地撕著四季豆

「啪噠」一折，丟入菜簍。黃昏快來了，肚子餓的時刻。我告訴她可以用電話，她靦覥地搖頭，繼續折豆子。然後，隔房的我聽到撥動轉盤的聲音，很多數字，漫長地轉動，像絞肉機，但是沒聽到講話聲；靜默的時間不像沒人接，她掛斷。廚房傳來鍋鏟聲。

當天深夜，也許凌晨了，我起來如廁，發現隔著屏風的那張床空了。我躡手躡脚在黑暗中搜尋，有一種窺伺的緊張感。最後從半掩著門的孩子房瞥見她的背影。三歲與六歲的表弟同睡雙人床上，像所有白天頑皮的男童到了夜間乖巧地酣睡；她坐在椅子上低聲啜泣，因壓抑而雙肩抖動，沒發覺躲在門後的我。她輕輕撫摸孩子的脚，虛虛實實怕驚醒他；我從未在黑暗中隔著一步之遙窺伺一個陌生女人的內心，也許我的母親曾用同樣手勢在夜裏撫摸我，只是從不讓我知道。當她忘情地摟著表弟的一隻脚，埋頭親吻他的脚板，我的心彷彿被匕首刺穿，超越經驗與年齡的一滴淚在眼眶打轉，忽然明白她眞正的身分不是女傭是一個母親，一個拋下孩子離家出走的母親！沉默的電話只為了聽聽孩子的聲音。

「祢雖然賜我第二次選擇的機會，然而既已選擇成爲人間母者，在宇宙生息不滅的秩序面前，我身我心皆是聖壇上的牲禮，忠實於第一次的選擇，如武士以聖戰爲榮耀，不管世人將視我如草芥奴隸，嘲諷我是愚痴的女人。啊！神，請收回你的銅櫝，看在我孩子的面上！」

第三天，她辭職。

衆星沉默。朝拜的人群已消失蹤影，遠處依然傳來梵音，輕輕敲打夜空以及夜空之外，更遼闊的夜空。山，似乎在梵唱中吟哦起來，眼前的碎石路被月光照軟了，看來像一匹無限延伸的白絹。我垂目靜坐，亦能照見絹上佈滿使徒的足印，以身以口以意，以一切爲人的尊嚴。若這絹上直豎刀林，那足印便有血跡；若是火灶，便有燎泡。清涼的晚風，我是如此懦弱從人群中脫逃，你可願意代我吹熄她身上的火燎。

她始終不是逃兵，從守寡的那天起。爲自己的選擇奮戰，像蕭蕭易水畔的荆軻啊！路過的風，你吹拂原野，掠過城鎮，當明瞭男人社會裏的女人是無聲的一群，而寡婦更是次等公民，除了是非多，賬單更多。她具備鋼鐵般的意志又不減溫婉善良，你不得不相信，蝴蝶與坦克可以並存於一個女人身上。然而，我們應該怎樣理解命運？巨災淬鍊她成爲生命戰場上的悍將，還是她擁有至剛極柔的秉賦，便註定要不斷攬接巨災。她鍾愛的女兒在荳蔻年華染上惡疾，從此變成外表年輕貌美而心智行爲如同一頭野獸。是的，傾聽的風，童話故事中美女的愛使野獸破除詛咒恢復人形，但是，什麼樣的愛能使美女祓除窩藏在體內，那頭指揮她嚙咬衣服、尖叫嘶喊、朝每個人臉上吐沫的野獸呢？如果以往那位娟秀溫柔的美女仍有一絲清明，她會伏跪祈求世人賜她死，而野獸摀住她的口，野獸說：「我要長命百歲！」吟哦的風，悲劇來自兩難；老母親以己飢度女兒之飢、己渴度女兒之渴，一日三餐，沐浴更衣，把她餵養得強壯有力，於是嘶喊更尖銳、唾沫更豐沛、毆擊母親的臂膀愈來愈像鐵棍。你或許會怒號，何不讓她斷糧衰竭？人可能在生死決勝的戰役中，苛虐戰俘，視他人生命如草芥螻蟻，這是戰爭罪惡之處，它逼迫人成爲邪魔的俘虜。然而，人衷心嚮往恆常的共體和諧，不忍在盛宴桌上聽到丐者喊餓，不忍輕裘華服自凍屍身旁走過。世間之所以有味，在於這眾苦匯聚的道場中，視他人災厄爲己身災厄，他人之苦爲自己苦楚的一部分。何況母親，她既在最初承諾成爲人間母者，她的生命已服膺生生不息的規律，只有不斷孕育生、賜予生、扶養生，而喪失斷生、殺生的能力。不管她的孩子畸型弱智，被澆薄者視作瘟疫、遭社群遺棄，她仍會忠貞於生生不息的母者精神，讓生命的光在孩子身上實踐。啊！垂憫的風，當她隔著紗窗搓洗衣服，看到窗內的女兒貞靜美麗一如往昔，忍不住停下工作，打開門鎖，進房想擁抱女兒，卻頓遭野獸般捶打時，你是否願意透露第十年、還是二十年後的擁抱將會成眞，屆時，年逾中年的女兒會紮紮實實抱著瘦骨嶙峋的老母，說：「媽媽，我好像做了惡夢！」

窗外，玉蘭樹與夜來香交遞散發淸香，窺伺的風，你一定看到夜深人靜時刻，體內的猛獸逐漸盹睡，美女擁有短暫的淸醒時光，乖順地讓母親摟著同眠，你聽到蒼老的聲音問：「還記不記得小時候教妳的童謠？陪媽媽唱好不好？」蝴蝶、蝴蝶生得眞美麗，蝴蝶、蝴蝶生得眞美麗……

啊，飄泊的風，你終於能理解，等待寂靜之夜一隻蝴蝶飛回來，是她的全部安慰了。如果有一天，她在生命盡頭用最後一把力氣帶走女兒，你是否願意吹拂她們墳前的青草，不怒斥她是背職的母親？你願意邀約無數異彩蝴蝶，裝飾一對母女的歌聲？當甜美的子夜，她們又唱起這首童謠。

梵音寂然，人籟止息，已到吹燈就寢時刻了。想必此時衆人圍聚泉邊，祈請佛泉。蟬，是天地間的禪者，悲憫永恆的空無；深夜聽蟬，喜也放下，悲也放下。

那年盛夏，午蟬喧嘩，一波波湔入充滿藥味的家屬休息室。有的人很快移出，意謂同時有人自加護病房送普通病房；有的人遷入，表示某人剛送入對門的加護室。這間六坪大的休息室像一面鏡子，清晰地看到人與人之間的牽絆。那對夫婦佔去兩張長椅，早上我剛來時，六十多歲的外省丈夫含著牙刷一面走一面刷，五十來歲操勞過度的本省太太正在折被。家當、什物堆疊茶几上，她喊丈夫把被子塞到櫃子上頭，他才邊走邊刷，像所有嗓門很大、服從太太的老兵。他們看起來像房客了，毫無疑問，躺在加護病房的必是兒女。

這是難以理解的牴觸，父母可以爲兒女打一場長期抗戰，反過來，兒女卻鮮能如此。我無意間知道是兒子，等公用電話時，她平靜如常交代對方去買一套西裝，報了尺寸，若西服店沒有，殯儀館應該有，立刻去買，要準備辦了。她的捲髮翻飛，衣褲縐得像梅乾菜，趿著拖鞋進休息室，好像準備煮飯的媽媽打電話叫瓦斯行送一桶瓦斯而已。

近午時分，白襯衫、黑西裝送來了，她抖開襯衫似乎不甚滿意，戴上老花眼鏡拆開袖子與腰身邊線，穿針引線縫了起來。做母親的最了解兒子身量，最後一套衣服更要體面才行，免得到冥府被譏爲沒人疼的，讓做娘的沒面子。課誦之蟬，我瞥見茶几上供奉一尊小小的觀音像。她咬斷線頭，又穿新線，像尋常日子裏對丈夫嘮嘮叨叨柴米油鹽般說：「我們不可以說他不孝，這樣他到陰間就會被打。他才十九歲，也不是生病拖累我們，今天要死也不是他願意的，哪裏對不起我們？如果我們做他父母的，心裏講他不孝，那他就會被打，不孝子會被打你知不知道！」

午窗邊冷邊熱，玻璃帶霧，虔誠的蟬，在你們合誦的往生咒中，我彷彿看見十九歲的他晃悠悠地走進來，扶著牆問：「阿母，衣服好了嗎？」

一定有甘美的處所，我們可以靠岸，讓負軛者卸下沉重之軛，惡疾皆有醫治的秘方。我們不需要在火宅中乞求甘霖，也毋需在漫飛的雪夜趕路，懇求太陽施捨一點溫熱。在那裏，母者不必單獨吃苦，孩子已被所有人放牧。

微風吹拂黑暗，夜翻過一頁，是黎明還是更深沉的黑？她從石徑那頭走來，像提著戰戟的夜間武士，又像逆風而飛的蝴蝶。

掌中的相思花只剩最後一朵，隨手放入她的衣袋。
日子總會過完的，當作承諾。

一九九二年十月　中時·人間副刊
本文獲第十五屆時報文學獎散文首獎

#【輯三・火鶴紅】

某個夏天在後陽台

夏天剩最後一束尾巴時，她終於找到專屬的私密空間。

「每個女人都該有一塊私有地。」她想。

辦公室喬遷接近兩個月了，她仍然定不下來，心浮浮地，東飄西盪到處串門子，就是不肯落座——她的位置在大辦公室最僻遠的角落，是個死角格局，一抬頭正好面壁，當然也面對那台嚴重哮喘的冷氣機。「人生至此！」當她感到不耐時，常用一種油腔滑調的江湖派頭挖苦自己：「連冷氣機都會叫春！」

公司原先規劃的各部門位置圖不是這樣的，若照原圖，她帶領的三人小組不僅擁有一扇看得到對棟人家晾曬衣褲的窗戶，而且傍著三呎寬的走道，離接待室那座花枝招展、隨時挑逗肉體慾望的大沙發只有兩步路。瞧，這不是天堂是什麼？壞就壞在大家都有眼睛，也正好都把眼睛盯著那塊天堂美地看；於是，各部門主管明的暗的亮出尖牙利爪。這得怪她自己活該，以為良田在握便趁著搬遷之際休假，等她進辦公室，她發現她那組的辦公桌被擠到地獄邊緣，照某位組員的說法，她們那區可以稱得上是地獄的茅坑位，言談中不無責怪她這位主管未替組員南征北討之意。

像她這樣的小主管，門把一樣，只不過是大辦公室生態圈裏方便老闆進出的小道具而已，門把有什麼尊嚴？還不是聽話地開開關關。

她從小沒有自己的私有地——哪怕是一塊榻榻米大的睡鋪都無。鄉下窮，每家都是大統鋪，做女人的好像往胯下一拉就是一個小孩，扔到鋪上；再一拉，又一個扔上來了。她是最後一個上鋪的，哥哥姐姐們已經大手大脚地會在睡夢中合力將她擠到床角去。至今，整個悲慘童年仍不時在她身上顯靈，她的坐相引人側目，坐著坐著就龜縮成一團，怎麼看都不是能擔當重任的人。

「如果你有一千萬，你想用來做什麼呢？聽衆朋友，歡迎你打call-in專線，跟我們分享你的夢想……」深夜，一個無聊的談話性節目問了一個無聊的問題，她盯著天花板，一隻黑頭蟑螂正躡手躡脚通過罹患壁癌最嚴重的區域——她的室友相信這棟房子是海砂屋加輻射鋼筋，她同意，並且從此老是聞到類似大太陽下魚塭埔傳來的死魚腥。最可惡的是，她們的房東還打算漲房租。一千萬能做什麼？在末世紀吞吐蕩婦般的頹廢氣息又夾帶一絲純潔少女似的希望的節骨眼，一千萬能做什麼？她點上煙，朝那隻孤獨的蟑螂噴霧，幫午夜牛郎衝業績，讓他榮登排行榜榜首？還是換成一綑綑千元鈔，跟情人在上面打滾？或者，開一家公司自己當老闆，每張辦公桌前都種幾棵貨眞價實的蓮霧樹、番石榴、木瓜樹……她的職員全是小孩子，果盤就是卷宗，上頭堆著當日採收的水果，上班最重要的任務即是吃水果。她會給自己一間明亮寬敞的總經理辦公室，跟客戶洽談生意，就坐在花團錦簇的杜鵑花叢下，脚伸入清澈涼爽的河流裏，陽光灑在水面泛著碎金光芒，她跟客戶簽約時，隨手抓起一條魚朝合約書上吻一下就成了，魚是她的公司印章……

次日，她一面在公車上打呵欠一面痛斥昨晚那個無聊的夢，該戒掉聽廣播了，這種都會單身上班族的壞習慣。

或許吧，冥冥之中有個無所事事的神正好窺見她的夢境，一時大發慈悲，讓她無意間發現辦公室版圖內一塊荒廢的領土——就像飢餓兒童在草叢裏撿到賣餅人掉落的半塊酥餅，哪怕是去年的也香。

那天，她到改裝成儲藏室的廚房找一箱資料，長期封箱的紙製品發出令人窒息的霉味、蟑螂屎味及從不刷牙的蠹魚們的口臭。她受不了，正好看到挪動幾口紙箱後露出的後門，毫不思索地想要開門透氣，這眞是乾坤挪移的瞬間，她至今仍意猶未盡地回味右手握住那副半脫落門把時那股沁涼的觸感，側身撞開卡住的木門後，第一眼看到對棟石欄邊迎風搖曳的一枝早芒時，她的心整個被幸福緊緊抓住的情景。

是個後陽台，尋常人家用來洗衣服、晾曬衣褲、堆放掃把之類雜具的地方。這房子原是住家，後來改成辦公室出租，內部隔間絲毫看不出柴米油鹽的痕跡，後陽台倒還保留一些：晾衣繩上盪著幾支生鏽衣架，一柄嚴重掉髮的棉紗拖把像殉戰士兵搭在鐵窗上，洗衣槽內還擱著洗衣板、刷子及臉盆，當然，像一般家庭一樣，凡是養死了的盆景一律往後陽台送葬，因此木板上杵著幾盆只剩一根棍棍兒的馬拉巴栗樹、梔子、葫蘆竹之類的殘骸，隔著防火巷跟對棟的芒草傾訴髑髏之地、連麻雀也不來的悲哀。

她歡喜起來，心情是複雜的，一方面兩坪大的狹仄空間與童年被逼入床角的經驗疊印，使她感到壓迫——她花了好長時間才治癒上床睡覺彷彿停棺入殮的童年傷害；但另一方面，能在醬罐似的辦公室找到私人領土，她的腦海立刻浮現一幅鳥語花香的風景，甚至恍惚聽到瀑布飛泉的聲音。

她對著不遠處的芒草及半截灰藍色天空說：這是我的！我的！我的！

第二天開始，組員們都知道老煙槍的她不必再周遊列國到可以吸煙的主管辦公室串門，或到附近三十五元一杯研磨咖啡店寫企劃案。她買了一把小板凳，膝頭就是辦公桌，在大太陽下流汗、抽煙、喝咖啡，構思促銷活動案，她寧願忍受沒有冷氣、電腦的不便，也不願犧牲偶爾抬頭望向遠方、手指扒抓小腿的那份自由——跳蚤一向是後陽台的原住民。

辦公室生涯似乎起了不小的變化，對她而言，後陽台好似靈魂停棲的枝頭，她適應了跳蚤、蚊子的騷擾，那幾盆枯樹看來也份外親切。有時，烈日烘烤下，她什麼也不做，眼光飄向對棟，掩在芒叢之後是個露天陽台，晾曬一排衣物，標準的頂樓加蓋景致。她從衣物窺伺那戶人家的生活，一夫一妻吧，在寒傖的人生階段窩居於破舊頂樓，每天曬不同花色的衣服，每天過同樣的日子。她沒瞧見他們，大概都上班去了。當她漫無目的盯著晾衣竿上一件件馴服的襯衫、內褲看時，忽然感到心頭沉重，她彷彿從衣服上看到一個個裸裎者的全部生活，卑微且無味。她因而想到他們此刻或許也在別處辦公室的後陽台窺伺別人的生活，如同有人說不定正打開辦公室後窗從她晾曬的絲襪、褲裙推測她的赤裸一樣。她第一次發現自己的生命如此蒼白。

對同事而言，後陽台似乎是個魔域，他們感受到她的轉變，沉默、心不在焉、懶得搭理人，連中午時間也一個人窩在那兒啃便當、挖木瓜肉吃，然後在花盆內四處甩籽。不利於她的言語開始散播，很快地，老闆約談，希望她說明「老是不在位子上，讓同事淪爲她的接電話秘書是怎麼回事？」她一逕沉默，末了，說了一句彷彿是另一個人要她說的話：「我想辭職。」

新來的組長強悍多了，幾乎花一個月的時間進行內部公關，讓其他部門感同身受：他們這組窩在死角裏，對彼此需要密切交流而言是很不方便、極不方便、超級不方便的事。爲了提升效率，老闆同意將原來的接待室劃爲他們的領土，從此，幸運的人只要抬頭就可以看到對面大樓某戶人家晾曬的衣物，如果，那扇窗恰好開著的話。

原先那座花枝招展的沙發，只好往儲藏室送葬，兩個男人扛去，費了勁才在亂七八糟的紙箱中挪出空位安葬了事。其中一個趁機摸魚，歪在沙發上小瞇，另一個開門往後陽台躲，說：抽根煙，累死了。

當他看到對棟石欄邊幾枝迎風飄搖的五節芒時，他的心彷彿鬆軟的土壤裏蚯蚓鑽動，才驚覺秋天的確漸涼。就在點煙的當口，更驚訝花盆裏冒著一株株木瓜苗，三爪葉片綠得天眞活潑，他忽然感到莫名的熟稔，一個歡樂的年代，不知什麼時候掉落的年代，他怎麼也想不起來，在這微涼的秋日下午。

沒有人關心辭職後她到哪兒去了，同樣，也沒有人注意到後陽台有了新主人。不久，冬天像往年一樣，帶著冷鋒降臨。

一九九六年三月　《中外文學》

咖啡小館裏的狼

無人的時空，她是另一個她。

世界透明著，看別人或自己份外清晰，血管裏血液流動的速度，或幾年前不小心黏在胃壁的一粒果籽都看得見似的。她覺得自己與任何人失去關係，只是好奇地趴在世界的門牆外窺伺，像一匹蠻荒世紀的野狼。

進入一家咖啡小館，選擇靠窗的雙人桌，狼把那件人模人樣的影子搭在空椅上。叫一杯「神聖的毒液」，Espresso咖啡。

下午六點，恐怖的東區大道，她剛才踅來時與落日擦肩而過，繁華與虛幻在交疊後浮出一股歡場味，末世紀情調的臺北落日。下班車潮，刮破行人的耳朵。她獨自欣賞落日，發現它與自己一樣是異變中的遊魂，不在回家吃晚飯的名單上的。

所以，當她看見巷子裏亮著藍色招牌的咖啡小館時，立刻決定取消今晚的喜宴，做個失蹤的人。雖然，宴客地點就在眼前。「失蹤的自由」，像藏在狼毛裏遠古時代的幾粒燙砂，於潮濕多雨的都市悶了幾年，漸漸活了，有它自己的思想，變成虱子，在煙塵瀰漫的繁華大道上、飄著月光的春夜，或不關心開往何處的異國火車裏，搔痛她的心，搔出狼的原形。狼是不需向任何人類交代行蹤與思想的。

靠窗，鋪著深藍方巾與白布的咖啡桌上，冰凍著什麼。她扭開那盞鑲花彩繪玻璃的小檯燈，才發現昏黃燈光流出了曖昧的藍色憂傷。狼覺得很好笑。此時，窗外站著一對男女，狼馬上看出他們摩登衣飾的口袋裏，藏有緋色秘聞。似乎有了小爭執，碎冰塊的那種。狼趴在窗口嗅，他們的戀情帶了很濃的辦公室味道。也許，爲了永遠得不出結論的、要不要把自己的名字從「回家睡覺的名單」上剔除，而站在巷口繼續開會吧！狼就是因爲想到纏在人身上那些粗的、細的繩索才笑出來的。

現在，狼帶著無所事事的優閒，朝窗外的他們吹一口氣：「進來歇歇吧，你們需要啜飲『神聖的毒液』，把人模人樣的影子搭在椅背上，從狼的世界看人的問題。」

狼在午夜十二點離開咖啡小館。牠是今晚唯一的客人。

一九九二年一月　中時·人間副刊

親吻地板

她被升為公關部經理那天，唯一的慶祝方式是，回家用「愛地潔」擦地板。

只開魚眼燈，地板昨天掃的，她提一桶水，裏頭摻翡翠綠的清潔液，跪在地上，從客廳大門一直往內擦拭。她有一套相當嚴謹的持家技術，所有家電用具與日常消費品的說明書都經過詳細分類歸在檔案夾裏。比如在醫藥類，可以找到枇杷膏與綜合維他命的正確服法；清潔類，會看到廚房魔術靈與玻璃穩潔的使用說明。她酷愛保留說明書並非用來指導生活，相反的，基於嘲諷，看看那些蠢蛋怎麼「說明」日常生活，她視之為形上層次的俘虜。昏黃的燈光照在潔淨的花紋大理石地磚上，閃著琥珀般的碎光，武滿徹的〈秋意〉中提琴協奏曲正在流動，彷彿從大理石縫湧出的甘泉。這就是不願請鐘點女傭的原因，誰也不能剝奪她跪伏在地板上慢慢擦拭的幸福感，再者，她懷疑對方比她的地板還髒。

她認為公關是最簡單也最讓她厭倦的事，不過是見人說人話、見鬼說鬼話以便達到佛來佛斬、魔來魔斬的地步。今天下午，她對電話採訪的記者這麼說，因爲嗅到對方前五句話中隱藏了對「公關」的質疑與敵意，她給了她想要的答案，只用三分鐘談公事，另外五分鐘換她提問，聽對方傾訴工作困境及私人生活，最後一分鐘提供幾個名單，讓她豐富採訪。然而，正在撰寫中的《公關新手補給站》一書，開宗明義第一句，她寫著：我熱愛公關甚於自己。

她捨得花錢招待朋友上高級餐廳，但從不邀請任何人到她的單身樓中樓。她提供的訊息是未婚與家人同住，就像今天告訴同事必須回家接受家人慶祝一般。她是善談、外向、活躍、積極的，正如她強迫植入自己腦中的那套記憶所表現的那樣，經由他人認定、折射回來後更加強那套記憶的完整性與牢固。

然而沒有人知道，她寧願在夜深人靜之時獨自親吻地板，也不願開口講一句話。

一九九二年四月　中晚·時代副刊

水牢

——留言，證明了距離

她被幽禁在水裏，行人在水面上走著，敲出清脆的跫音，像玻璃珠落在玻璃地面。水以惡意姿勢流動，忽左忽右，她根本無法站直，一會兒打橫一會兒倒立，不斷踢出波浪與水泡。她聽到訕笑的泡泡發出「剝剝」的破音，好像朝她噘嘴，打著空吻。陌生路人悠哉地漫步，蹓狗的遇見提鳥籠的，閒聊幾句。那鳥在籠裏吱喳、跳躍；狗兒晃動小尾巴，忽然低頭，看見她求救的表情，驚恐地吠起來，繞著主人磨蹭，吠聲高亢。她心想，終於有人發現了吧！那人抱起小狗，臉偎著狗臉親暱，一隻大鞋踩住她的視線，走了。她明白人看不見柏油馬路其實是水的表皮膚，而瞧見她的又是無法開口的動物。可是她仍然不死心，等待地面世界的自己前來援救。終於來了，一模一樣的裝扮，只不過一個乾的，一個濕淋淋。她也朝地面看，水底的她非常確信地面的她絕對發現了，四目凝視，一雙是乾燥的漠然，另一雙見著了親人遂溫潤有淚。水底的指了指地面的脚，要她站著不動，讓她的雙手奮力伸出水面，緊抓著脚脖子，就可以全身破水而出。她已做好準備，在水中把身體穩直，正要伸手，地面的自己狠狠跺脚，揚長而去！她被這陣突然的震動打翻了平衡，像一條昏厥的魚在水中滾出魚肚，無止盡地漂流……

她跌下床，撞破一個噩夢。臉上猶有汗珠淚痕，彷彿眞的剛從水牢出來。全世界還在打鼾，夜看來像水鬼的袍子。她摸了摸床，確信不是水獄才敢躺回去。淸醒中，又不確定躺在床上的，是地面的那個，還是水底的？

天亮後一切恢復正常，她依照行程出門辦事，打開電話答錄機留話：「您好，我是××，很抱歉現在不在家。麻煩您聽到訊號聲後，留下大名及電話號碼，我會儘快與您連絡。再見！」

在街頭行走，她忽然不確定出門時是否按下答話鍵，遂打公共電話回家確認，響鈴後，機器開動，放出聽來很陌生的女音：「您好，我是××……麻煩您聽到訊號聲後，留下大名及電話號碼，我會儘快與您連絡。再見！」

她毛骨悚然，剎那間像一個遺失所有身分證件的人面對盤問，張口結舌不知道自己是誰？離開舊名字的綑綁，又拿不出新名字跟舊名字講話？彼此是什麼關係？鄰居嗎？情人嗎？姊妹嗎？撥錯電話的陌生人嗎？她淸楚留話者的生辰八字，可是此刻在命宮之外。電話發出「滴」的訊號，沉默地準備紀錄一切回答。她必須給出回答！

她聽到從喉嚨發出一個聲音回答：「是我！水底的那個！」

一九九一年一月　中晚·時代副刊

孿體

妳掏出鑰匙開門進去，將黑外套掛在玄關衣架上，塞滿文件的公事包擱在一旁。「嘿，我來了！」連喊數聲，無人回答。

客廳的靛藍色窗簾被拉上，最後一抹橘色霞光穿過縫隙照亮翡翠綠沙發，也照在她熟睡的身子上。她一身紅，擁著水紅椅墊，不細看，很難發現。妳知道她一定在，妳不來，她出不了門。「妳來了！」她從背後擁抱，像妳一般瘦骨頭，連胸前三顆痣的分佈圖也一樣。「倒杯酒，快去！」被城市生活折騰得萬分疲憊的妳，只有到小套房來才感到釋放。

她被妳撿到時像隻病貓，不知受了什麼驚嚇一直發抖，妳丟垃圾時聽到哭聲才發現縮在電線桿後的她。妳答應找個溫暖的小屋。靛藍色讓她覺得自己是深洋的一尾紅魚可以裸游，翡翠綠是孤獨花園，妳照她的意思裝潢，連床也綠，還掛上複製的米羅畫作「Two Women」，「多像我們，沒人找得到！」那天，她像兒童般手舞足蹈，吻妳，要永遠永遠一起活。

「還要一隻白文鳥，」她說：「羽毛變灰時，就知道有人快回來了。」「爲什麼？」「外頭的世界全是灰塵！」妳們約定每月見一次面，彼此可以擁有戀人及個性。

現在，斜躺在沙發上啜飲紅酒，黑夜如一名魔術師在憂鬱的妳與熱情的她之間狂舞，白羽鳥躍上肩頭啄妳的黑衣、她的紅衣，暗示裸裎的時刻到了。

褪下衣服，換上對方的。她走到玄關，披上黑外套提起公事包，「等我回來！」她吻別。妳聽到鎖門的聲音。

妳窩在沙發上觀賞黑夜熔解小套房所發出的光屑，感到自己逐漸消失的快感。白羽鳥依舊棲在這個城市某棟建築頂樓的電視天線上，如同妳棲在她的腦海裏。

一九九二年一月　中時·人間副刊

賓館

她喜歡外宿，不知從什麼時候開始。

說不定跟天氣有關。她躺在床上，曲臂當枕，盯著梳妝鏡內那幅醜陋的水彩花卉看，畫掛在床頭上方，鏡子的高度夠吃下那幅畫，吃不到攤在床上的人。她從這個角度看鏡子與牆壁與畫交映出來的空間，覺得有趣，好像她不存在，是個虛幻的，卻又看得見。她伸出手，鏡子也伸出手，無意義地抓了抓，又換成托住虛空的手勢，鏡子照抄。

說不定跟天氣無關，她想。

凡是提供離家者暫時投宿、一種需付費的建築物均可稱作旅店，依其沿革又可分爲：客棧、旅社、旅館、賓館、飯店……她試著找出自己的位置，思緒漫散像鬧水災，唯一醒著的那條神經好比浮草，「那麼，我現在在賓館囉！」她攫住這兩個字，漫漶的思緒攏了，那根浮草吮吸雨水漸漸有了重量，往下沉：賓館，旅店科，情侶屬，休息種，以小時爲計費單位的。

然而她只有一個人上賓館，午餐時間或迴避下班交通尖峰期或突然興起的念頭。剛開始，服務台小姐詫異地打量著，她挑破對方的疑慮：「妳看我像要找地方自殺的人嗎？」她善於說服別人去相信她所導引的結論，對方從結論中認定她是什麼而不再懷疑。

每家賓館的格局差不多，一張大雙人床，寬幅夠一對情侶在上面做激烈的翻滾。而她只是靜靜裸裎躺著，不開燈不放電視，連毛毯也不掀，讓時間慢慢流光，有時再續一小時。她喜歡恢復那種狀態，不隸屬於任何存有，包括她獨居的有門牌號碼的家，包括這具裸裎的軀殼。

當賓館小姐視她為熟客，送她九折優待會員卡時，她換了另一家賓館。

一九九二年九月　中時·人間副刊

當年舊巷

晚春時節，那棵木棉還在，殘花被行人的腳步分屍了，仍看得出烈士顏色；過陣子，莢果會爆，棉絮撒成一道淡霧。她歡喜這樹，兼蓄壯烈與婉柔，壯的時候轟轟烈烈摔成一個死字，柔起來清清淡淡，好似無話可說。

要不是木棉還在，說不定認不出這街口。二十年前同樣地點，棉被店、修理機車的霸了兩旁，巷口一對老兵夫婦賣擔仔麵。附近常年飄著一股破落味兒，麕集一群老人、離鄉少年或流浪漢，只有二樓靠馬路那間房間繁殖青春氣息。她與他租屋同居，十九歲，像兩個初次夜獵的酋長之子，手中各擒一把火焰，腰繫短刀。

他們很窮，五坪大房間就兩張桌椅、塑膠衣櫥、單人床及一把插電式水壺。他說總有一天會有五十坪帶前後院，種二十棵木棉，既然妳們女人喜歡！什麼「妳們」？你要娶幾個老婆，說！她掐他脖子咬他肩頭，嗚嗚哭了起來，受不得一點委屈。她以爲愛就是完完整整獨霸，像胃部裏一顆不敲殼的核桃，用一輩子消化。

寒冬早晨，她用電壺壺嘴冒出的熱氣溶化凝固的奶油，一小匙一小匙抹六片土司，做早餐給他吃，窮得很滿足。她甚至想，一棵木棉的棉絮夠不夠縫兩個枕頭？然而她總覺得不安，有一回吃水煮花生，她說比賽誰記得多電話號碼，背一個取一粒，他全說了，她全記住，用來追查無法掌握行蹤的每個晚上。

那麼，應該是木棉花墜的時節，爭吵之後，她說：讓我做一件事，他答應。她騎坐在他身上，捏一片雙刃剃刀，盛一碗水，專神地替他刮鬍，鬍渣在碗中或沉或浮，少了什麼，她知道只要垂直使力，那碗清水會變成紅色聖液。她煞手，催他出門，她知道初戀就這麼毀了。

如今變成新興商業街，木棉矮了。她憶起二十年前的舊情，彷彿三十九歲母親偷看十九歲女兒的日記，分辨不出那嘴角的笑意是寬恕，還是羨慕。

一九九二年十二月　中時·人間副刊

空籃子

她老是夢到丟東西。

確實地說，不是現實生活中擁有的東西在夢裏遺失，是當夜夢裏剛擁有的卻立即在意外情節中丟了。

「見鬼！」她一面煮早餐咖啡一面嘀咕，甚至突然跑進盥洗室對鏡中的自己說：「妳乾脆把我丟掉算了，我會感激妳。」口氣像對情人抱怨。

又來了，昨晚。夢見自己提一只很大的籐編提籃，籐的色澤非常雪亮。裝的全是發光的寶石別針，有一支長得很像勳章菊，其餘的因參差交疊無法辨識形貌。看來都是她的收藏，滿滿一籃。

她似乎在趕路，趕火車或輪船，彷彿要到遙遠地方。她著急地提著籃子從人群中逆向穿過，由於只有她往反方向走，籃裏的別針被某名陌生女人碰掉了幾個。她彎腰撿，赫然發現路上鋪滿各式各樣的別針，不知誰的。她精確地撿起自己的，雖然混雜其中，亦能辨認自己的別針異於其他。正要走，忽然竄出一名女人攔著她，責備她侵占。此時，剛才碰她籃子的陌生女人亦堵過來，邪邪地笑著。她同時明白兩件事：鋪在路上的別針是那名女人的，而邪笑的女人碰她的籃子是一樁預謀。

她看了看脚下大大小小的別針，都是粗糙玩意兒。她向她解釋：「我的別針跟妳的不一樣。」她們二人反問：「妳如何證明那是妳的？」

她在夢中被問倒，怎麼去證明原本不需證明的？她明知道兩名女人惡意刁難，可是，顯然無法以強有力的證據道破她們的惡意，而對方可以嚴辭相逼，詰問她的清白。

夢中，她高高舉起提籃，像潑水一樣，別針悉數掉到地上。她詭異地笑著：「哪！都是妳的了！」

她提著空籃子，消失在夢中。

一九九二年一月　中時·人間副刊

夢魘

天色像老年人的病臉，鉛灰著。隔牆竄出五六枝不知名的枝椏，各豎一盞尖燈泡形的黃花，鮮黃得刺眼。離天亮還有一小段路。

她又夢魘了，才醒來。眼光呆滯，死盯著黃花看，腦子像和了樹脂與水的石膏糊，水汪汪的又泥泥巴巴，沒勻的部分開始變硬。不確定自己身在何處，或者說，不確定還有個自己。黃花高高低低的沒什麼意義，鉛塊天空看來也是故障的。她怔忡好久，腦裏幾根銀絲般的觸鬚開始動，企圖掙脫，然後那條蛇也動了，盤成一坨僞裝成石膏糊的大白蛇迅速壓住那幾根觸鬚。現在，一切暗了，眼皮垂下，人彷彿仍在被蛇追殺的夢中。

遠處傳來鳥叫，隔著潸潸然的雨幕，忽東忽西，像懸浮在空中無數隻耳朵，竊聽她的心底祕密。她虛弱至極，遂幻想一群紅羽的、藍翅的、黑翼的鳥一齊飛入她的腦子，用尖喙啄蛇……這樣想似乎沒用，她仍然感到那條整夜折磨她的大蟲此刻盤得安安穩穩，發出均勻氣息，享受勝利者的睡眠。

那件事發生時，她正趴在母親懷裏安睡，當她被尖銳的爭吵聲驚醒，迷迷糊糊張開幼兒的眼睛，她首先看到從天花板懸吊而下的昏黃燈泡大幅度擺盪著，把烏沉沉的夜盪得像無數麕集的黑蒼蠅。她揪住母親的衣領企圖掙脫懷抱卻不知該往上或往下，母親強壯的手臂從她背後斜斜勒緊，使她的頭完全背對現場，然而母親一個錯誤的轉身，她毫無抵禦地看到那個男人從籠子裏抓出一條長蛇，憤怒地朝她們鞭打，她的小臉首當其衝吃到第一鞭。然而，也只是蜷曲且濡濕的一鞭而已。

生命中曾經發生的五秒鐘事件可能需要五十年才能洗淨。她決定今天要洗個徹底。跨入一家老字號蛇店，她對那個年邁的男人說：「爸，教我剝蛇！」

一九九二年十月　中時·人間副刊

腐橘

她忽然聞到橘子腐爛的氣味，一縷縷地，像悠游空中的小青蛇，竄入她的鼻孔，用力呼吸，又沒了，她的眼睛掃視客廳，擺著電視音響的長几上的確有一只大銅盤，倒趴著一排香蕉及幾個露出褐色汗毛的奇異果，今早女傭擺上的，新鮮得很無邪，不可能窩藏腐橘；再說，上一次吃橘子是個把月前的事了，她記得很清楚，這陣子感冒不買橘，她有點不悅，莫名其妙的腐橘之味質疑了她的記憶力，也中斷正在思索的往日時光。

陽光從窗口潑進來，忽隱忽現。她坐在躺椅上好一會兒，攤在膝上的精裝大相簿依照時間秩序收錄過去，照片旁還貼著說明條，每一個往日片段都規規矩矩地被定位、被詮釋。而現在，相簿翻到二十年前那一頁，十五歲，她反覆尋思，企望藉著照片，讓個別的記憶單位相互碰撞，看能不能勾沉一段關於露營的回憶來。

昨天，會議後的晚宴中，對方公司那位男主管坐她旁邊，彬彬有禮的餐桌會話後，忽然擒起酒杯低聲說：「我一直很抱歉，二十年前那次露營我不應該對妳做出……」她的胃一陣抽動，反射式地問：「什麼事？」他遲疑著，眼光遊移，神色尷尬，很快恢復用餐禮儀：「敬妳！」很快跳入其他人的話題。酒喝多了，失態，她想。

她確定二十年前不可能與他發生令他抱憾至今之事。露營，十五歲露過多次營，有照片為證，燭光晚會唱惜別歌之類的，她不認識他。

又來了，腐橘的氣味，像一窩小青蛇盤繞在周圍的空氣中。她生氣了，闔上相簿，拉開沙發、長几、盆樹，就在電視音響線路交纏的地上，看到一粒軟趴趴長滿綠黴的橘子！當她憤怒喊叫女傭來清掃時，忽然腦中竄出鮮活畫面：有一年，她撲殺自己的記憶後，正在焚燒某次露營的照片及那一身沾泥的衣服。而煙是綠的。

一九九二年三月·中時·人間副刊

自畫像

枯坐畫室第五天了，她虛弱地睜開佈滿血絲的眼睛，依舊看見雪白的畫布上不斷閃過一幅幅人像：花旗袍戴珍珠項鍊的福態少奶奶、握煙斗露出懷錶鍊的老紳士，側坐的，半身站立的，交疊在畫布上，彷彿一群雍容華貴的貴族在她面前聚餐。

她閉眼，回想那幅夢境：一條白色小路向前蜿蜒，看來像狂雪之夜獨行的銀蟒，散發一股高貴的冷；路的尾端矗立半幢傾圮的小屋，久經飛砂傲雪襲擊，外牆斑剝灰白，然而有一扇不易辨識的窗，隱約流出微弱的燈光。

七年前，一位陌生中年男子來到她的畫室——由廢棄倉庫改裝成的住家兼工作室。他誠懇地說，在新人聯展中看到她的作品，認為她是唯一人選。

夢境中，屋後迤邐一片暗紅火海，糾纏著、咆哮著，濃煙往上冒又回吞烈焰，彷彿巨獸在毀滅前格鬥。天空由墨黑而漸次黛青，終於在煙波藍的高空勾出一彎白月。

她接受豐厚的訂金，從此專心為企業家高級俱樂部的二十八個會員畫畫像。她個別與他們生活三個月，聆聽他們的奮鬥史，捕捉最動人的神情、掌握性格。她準備畫誰，誰的聲音、影像、姿態便全部佔滿她的腦海。他們驚嘆她的技術，報酬愈來愈高。她搬到高級住宅區，擁有寬敞的畫室，並常常跟隨他們出席各種社交場合。

然而遙遠的高空被畫面前端的一盞路燈遮去一半，燈桿朽壞，底座浮凸，桿頂呈弧形彎曲，燈早就破滅，那道弧彎底下，懸著一隻黑闃闃死貓。雪夜中，貓眼射出冷冷黃光。

第七年，那位中年男子也有了老態，簽出最後一張支票，溫煦地告訴她：「這筆錢足夠讓妳重新開始，請妳寬宥一個父親的苦心，我兒子的繪畫才華不如你，所以我必須買斷妳的時間！」

枯坐畫室第十天，她仍舊畫不出夢境。當人們發現她像對待一隻貓般把自己吊死時，沒有人了解，她內心的畫終於下筆了。

一九九二年八月　中時·人間副刊

溫泉鄉的歌手

玻璃窗敞開著，風吹來塵沙，拍動百葉窗簾與辦公桌上零亂的文件。她抬頭，看見都市的夜晚，具備跑江湖藝人般狐媚活力的夜每日淩遲她的感官；窗台上那盆人面竹枯得不帶感情，竹葉捲成長針，像要戳破謊言。靠牆站著，那一排祝賀康復的花籃紛紛凋落了，她按時吃藥、做化學治療。

出院後，她開始眷戀塵世的氣味，以深情且無所欲求的心一點一滴補綴跟自己有關的事物。所以，當傳眞機吐出一張短箋時，她立刻決定溫泉鄉之旅，就是今晚，永遠不要等待明天。

「想來就來，我都在。」仍是老句子。對不斷流徙的歌手而言，這種允諾太空洞了，但她相信她是以誠摯的心呼喚她而不是歌手的喉嚨。其實，這句話是她先說的。多年前，長久失去音訊後的某一個秋天，歌手突然在她面前出現，眼眶內藏著滄桑與一無所有的寒傖。她開車帶她到郊外，歌手蹲在山頭面向五節芒掩映的繁華城市，自顧自哭泣；她站在背後像個傻子替她翻好衣領、拍拍灰塵，囁嚅著：「我……我都在！」話沒說全，可她知道歌手聽懂了，不管邋遢於異國小鎮或在陌生酒館演唱老式情歌，這話像銀光閃燦的河面上的一條蠶絲，沒人看得見，但她們懂。

歌手教她唱英文歌，少女時代，她們翻過土丘坐在河岸唱，歌手說沒聽過這麼破的英文跟嗓子，乾脆泡水算了。許是貓爪似夏日陽光與蝶薑花的誘引，她們談論身體的秘密，忽然歌手提議互看，她直嚷著不要，往岸上爬；歌手拉下她，一秒鐘就好嘛！她們被莫名的興奮與好奇驅使，眼睛盯著對方，笑得既緊張又期待。她們只露出脖子，在水裏解扣，喊到三，一起站起來拉開上衣……陽光下無瑕的少女身體映入彼此心裏，在記憶中永恆。多少年來，通過她們身體的男人，恐怕沒有這種悸動吧！

客人冷清，她坐在鋼琴邊旋轉高椅上唱完最後一句，掌聲稀疏。歌手看見她進來，低頭向琴師說話，然後對著麥克風，用歷盡風沙的嗓子說：「我想念老朋友，第一個看過我身體的人，請妳永遠不要離開我。」一坐在底下的她不知道歌聲怎麼開始的，卻清清楚楚聽懂帶著滄桑之美的爵士歌手，慵懶地唱著：

It's easy to remember, but so hard to forget。

一九九二年十二月　中時·人間副刊

戲票

她從國家劇院出來，沿著信義路漫步時，夜雨嚶嚶地垂泣。有點想舞，像剛才的芭蕾舞者一樣，盡興舞出人生的悲鬱與歡情，於淋漓的跳躍與旋轉中，消溶肉體，留下輕盈的幻影，在青紗般的燈光中蠱惑衆人的眼睛。

冬雨夜街，似乎只有她一人，忘了帶傘與外套，臉像剛從冷凍庫捧出來般，她喜愛這種感覺，與世界相忘於江湖。她開始感謝那人爽約，如果他也來，散場後必定各自回家，無法獨自品味空蕩蕩的夜街了。

年輕的士兵在小鎮度假，邂逅了活潑的少女，熱切追求與纏綿之後，士兵揮別，動了眞情的少女依依難捨，拾起他無意中掉落的一頂紅帽，揣在懷中，兀自依偎。她看到這幕時，淚沿頰而落。次日，士兵會再去買一頂新的紅帽吧，而少女會將紅帽視爲信物戴著直到變成他人的新婦吧！那時，她旁邊的座位仍然空著，中間休息時她打了電話到他家，他接的，她不發一語掛了，確定他之所以爽約是因爲完全忘掉這件事。

對完全忘記約會的人，她無法生出怨言或斥責，因她尊重每個人都有逃避或刻意遺忘或根本遺忘約會的權利。她習慣保持緘默，一個人漫遊於雨中，看淒白的街燈將冬夜玩得如幻如夢，像通往冥府的甬道一般。她甚至覺得那齣芭蕾的續集此刻正在上演，而她不會撿拾任何一頂掉落在她面前的紅帽。

次日，他打電話致歉，說臨時有個會開到很晚根本無法抽身，能原諒一次嗎？

她一面撕著爲他買的戲票，一面嬌嗔地說：「我也要抱歉，我們太有默契了，我也忘了這件事呢！」

一九九二年二月　中時·人間副刊

演員

有些夢來自於比潛意識更深層之處，無法指陳甚至跟自己不相干。彷彿古老朝代某名失意女子的心結，繼續在時空的漩渦中飄浮，舊朝泯滅，女體亦灰飛了，但這心結有了自己的意見與存在的堅持。它不需要任何一處潮濕的心窩來孵育，相反地，它以萍水相逢的方式對不相識的人傾訴它的故事。你甚至不忍心稱之爲惡夢，因爲，它如此眞誠地說出了悲情。

她夢見自己是個男演員，一齣詩劇，大約是流浪與追尋的主題。圓型大舞台，以黑布幕隔爲數區，同時上演數齣戲，不同演員、劇情，但相安無事。觀衆席無座椅，呈圓形動線，允許任意走動，從悲劇滑到喜劇甚至可以上台當臨時演員，搖旗吶喊一番或當某一幕喪禮的掘墓人。沒有人能預測底下的觀衆拼貼了哪些故事，他走出戲院時是落淚還是傻笑？由於共用一圓形後台，各組戲工與演員雜處，各憑本領尋找後台、舞台、觀衆席這三個套攏的圓形空間的戲劇線，也因此，正戲之外添了軼文。

她是男人，懷抱弦琴，徘徊在夜色中一燈孤懸的小客棧門口，唱：「給我一個名字，餵這把瘖啞的弦琴吧！妳的名字像四月的薔薇還是九月的江水……」突然，一名傷兵跌撞而來，她心想，怎麼回事？那傷兵未察覺錯誤，逕自執她的手傾訴南北轉戰飽嘗思念之苦，如今命在旦夕溯江而回要與愛妻一晤。她心想，你這蠢材闖錯戲了還不知道，你何不現在就死了算！但戲得演啊！她乾脆即興創作進入他的戲文，以哀悽神情摘下那頂破呢帽披散長髮，敍述自己女扮男身流浪江海爲的就是尋覓你，瞧，這把弦琴是你臨別時贈的……換傷兵驚愕了，他現在醒了，知道闖戲了，居然起身大踏步張望，慌張地說：怎麼回事？不是妳！對不起。隨即小跑步入後台。她踉蹌跌坐，一手拄著琴，俯首良久，緩緩抬頭，吟誦：「爲什麼我的名字像四月薔薇，爲何所有的故事如九月江水……」

沒有人看出，她正演著自己。

一九九二年十二月、中時·人間副刊

憂鬱獵人

「他會來嗎?算了，誰管他來不來?」

他望著窗外，冬日湖邊楓木凋零。繞湖的鵝卵石步道上，一名老人拄杖來回行走健康之路，沾泥運動鞋脫在起點，他看起來像一遍又一遍跟鞋子告別。天空是麕集一萬隻老鼠般的顏色，地面則是閹割一萬隻鵝鋪成的卵石步道，不，是人的，他想。然後坐在他面前的她眨著憂鬱的眼睛問:「你想，他會來嗎?」

度假旅店咖啡廳只有他和她，愛爾蘭歌手恩雅正在吟唱On Your Shore，他不知道她的心靠在誰的岸邊?而她不斷把玩他的打火機，擦火、吹熄，擦火、吹熄，手法天眞無邪，像個小孩。他忽然發現她與過往諸多女友中的幾位長得類似，模糊的臉，冒著等待的煙。這使他霎時忘記她的名字，及她們的。

五小時以前他離開辦公室，獨自開車到這兒，打算湖邊垂釣或睡覺，依習慣留一夜。他與她先後check in。在櫃台，她要了雙人房，又改成單人房，最後嘟著嘴唇決定雙人房。電梯中，他知道她的姓名，以及令人暈眩的聖羅蘭鴉片香水。

「他喜歡做讓我驚訝的事，不管吵得多兇。我想，他一定會來。你知道，我們一個月前就說好到這兒度假的！」認識四小時以來，她不斷從話題中岔出，回到他身上。窗外的老人仍然來回走著。他想不起她的名字，握住她的手問：「妳喜歡我叫妳什麼？」她仍然握著他的打火機，不置可否地笑著：「隨便。」

他決定叫她寶貝。情人牢記你的名字，從不叫你寶貝；獵人忘記名字，叫你寶貝。晚餐之後，他送她回房。她忽然轉身問他：「你……會來嗎？」

他不置可否地笑著。

一九九二年一月　中時·人間副刊

產權

夾在兩棟裝飾過度幾乎到了荒謬的別墅之間，這棟屋顯然太荒涼了，像個多年未理髮的流浪漢破破爛爛歪在別人家牆根，芒草掩沒門扉，底下一隻女人高跟鞋、裂柄水果刀、保麗龍飯盒還聞得到時間的臭味，地上散了幾根冰棒棍。隔壁那棵杏花往這兒探頭，彷彿每年春天趴在牆頭舔冰棍的小妹妹朝他喊：「你吃飽了不？想吃冰棒嗎？哪，給你！」丟冰棍嘲笑他。她受不了這種想像，決定買這棟屋。

一個半月後，流浪漢變成紳士，她釘上銅鑄門牌時，哈口氣牽衣角擦它；還種了棵高個子木棉樹，她拍拍門好像跟誰說話，「咱們明年開木棉花砸杏花的頭，看她神氣不！」

一顆水珠沿木門滑落，像屋子流淚，她心一酸，說：「莫哭，往後都是好日子哩！」

泥水匠管粗活，她捲起袖子管細的，刷油漆、糊壁紙，幾式簡單素淨的家具進了門，好像灶神、床頭娘娘也來了。她連縫一天一夜沙發套、椅套、窗帘，完工時天曚曚亮，一隻文鳥棲在窗格上唱歌，她知道屋子在對她傾訴，朦朧睡去還叨叨絮絮：「你開心對不對……」

她喜歡膩在屋子裏，拿它當個人，探索每個房間像探索人的身體。夏夜趴在窗口彷彿注視他眼底的月亮，這回換她流下平安的淚，她感受屋子以整個靈魂擁抱了她。

然而有一夜，她被嘆息的聲音驚醒，黑暗中仍能辨識來自屋子底層的沉吟：「我忘不了她，妳永遠不是她！」她下床，打開窗戶，眺望遠處黑色的山巒與孤燈，忽然想笑：人仰望夜空如仰望永恆之神，夜空俯視人如一條肉蛆，她果眞笑出來，覺得在別人家作客。屋子沉湎於對上一任屋主的追憶，感慨地告白：「我的產權在她手上，妳只是借宿的房客啊！」

第二天，她用紅紙寫了「售」字。

一九九二年七月　中時·人間副刊

記憶房間

整個晚上，保持固定坐姿。手牽手推開小酒館的門，銅鈴喧嘩。在捱窗的圓桌坐下，一對很黏的情人，酒保抬頭。鈴鐺叮叮咚。

靛藍桌布，深宮殘殿的顏色，朱紅桌墊上擱一隻霧灰色陶土小鵝，鵝背插一朵風乾艷玫瑰，蓓蕾像送入洞房途中忽然死了的新娘，完整的處女且來不及悲哀。

陶鵝朝窗，划不出胭脂海，似紅海上一團鵝形灰霧，玫瑰沉浮，在霧中、胭脂海面及遼闊的死夜。她把鵝與玫瑰屍移到隔桌。伏特加，她說；玫瑰紅茶，他說。冬雨敲打玻璃窗，寒流開始巡夜。奇怪，冷酒喝下去變燙，熱茶反而變冷。他沉默。要喝一口酒嗎？不，茶很好。逐漸保持固定姿勢，眼睛朝牆壁，飛蛾般棲在鵝上，她斜睇，窺伺眼神變化，從鵝移開而後定在牆上幾幅油彩花卉，中世紀少女側影最後穿透牆壁進入記憶房間；烤火、晚餐、誦一首情詩給愛人聽，春夜畫眉鳥輕輕搖晃竹籠子就在屋簷下，詩有體溫。她喝酒，輕輕搖晃玻璃杯，六盞魚眼燈映入酒中，晃出細碎黃光，虛幻如寶石迷人。她知道他進入的記憶房間她永遠進不去，卻悲哀地看到房間擺設，像站在透明窗前看到爐火吹噓晚餐的可口，優美詩句被聲音撫愛後化成飛舞的白羽鳥，多露水的春夜，與愛人在一起，兩個人的記憶在此時交纏，互相承諾一輩子隨時回到原點，再纏一次，再纏一次。

她悲哀地發現自己站在記憶房間之外用力拍窗，拍打虛空而已，房裏人聽不到。她是笨重的肉軀，冠「情人」之名坐在小酒館喝烈酒的陌生女人。酒杯內的燈影仍是六盞，寶石般幻影，沒有一盞引她進入自己的記憶房間。飲盡最後一口，薄刃劃喉。現在時間十二點，她斜睇，憐憫地。她看到他的過去，他的現在與未來也屬於過去，富麗堂皇的葬城。她輕輕笑起來。

手牽手推開小酒館的門，她決定成為他的另一間記憶，他會開始愛她；而她習慣撲殺記憶。銅鈴叮叮咚，叮叮咚。

一九九二年十一月　中時·人間副刊

紅鈕扣

她收集紅鈕扣有一段時間了，原來有一個，後來給人一個，恰好。

姐夫從馬尼拉出差回來，送她貝殼做的六角形珠寶盒，挺小巧的，白色貝面閃著粉紅色澤，像害羞的小姑娘臉蛋兒。起先，沒打算擱什麼，在電腦排版公司工作成天敲敲打打的，不方便穿金戴銀，個性裏也不愛首飾，除了姐姐打一只乾坤戒賀她滿三十，再沒別的了。有些東西擱在身邊，耗時間而已。

姐姐說：「妳啊，一點盤算都沒有，晃啊晃的，上班、吃便當、下班，也不會交男朋友！」她不笑也不惱，提著便當擠公車。交誰？成天敲別人家的故事、碩士論文，況且，還不見得敲全本呢！她覺得日子挺順的嘛，姐姐幹麼揉縐它。

姐夫拐她。說什麼今晚吃館子，妳姐帶孩子直接去。到了飯館，姐沒來，忽然一個男的坐過來。姐夫忙著介紹，這我小姨子，這我同事小沈，這家菜挺精緻的啊！

穿紅T恤的小沈接她下班、共進晚餐，吃飯時問：「今天做些什麼？」「打字。」

電影散場時又問：「今天做什麼？」「打字。」她想他是不是有健忘症？

幾天後，小沈說：「我想送妳禮物，喜歡什麼？」她想起以前打過一本小說，男主角要甩女朋友前都會送禮物，小沈一定看過那本暢銷書。

她說：「鈕扣，就你衣服上的紅鈕扣。」小沈扯給她。

她把紅鈕扣放入貝殼珠寶盒，塵埃落定了。有時取出來擦一擦，含在嘴裏玩，好像含一顆熱烘烘的心。

有一天，姐姐說：你姐夫的襯衫掉了扣子，妳有沒有紅色鈕扣？

她把扣子給了姐姐，覺得縫在姐夫身上，滿好的。

一九九二年十月　中時·人間副刊

隱形賊

小巷弄傳出有賊時，正是秋冬之交。

比起往年，今年的秋天滑得太快了，一跤跌入初冬懷裏，嬌滴滴冒幾天陽光又鬧幾場大雨脾氣，倒苦了小巷弄人家，拐角大馬路正在開挖，泥巴沙石攤在那兒，進進出出的人像一枚印石，每日按幾遍印泥，罵句「殺千刀的雨」一面找路階刮皮鞋底的爛泥。如果季節運轉也有人情世故，搞不懂攤了個爛泥巴印盒，到底鬧結婚還是離婚！

都是舊人家，日子新鮮不起來也爛不下去的老式巷弄，大門一律紅底白條，差別在能鎖與不能鎖。最早提出小偷入侵的那位媽媽公認是個神經質的，什麼世代了，小偷進門啥也沒偷，吃掉半條紅燒魚、沙發坐凹而已，簡直侮辱大家的智慧。「頭殼壞去啦！」她們說。

第二個放風聲的倒是個精明人。她說，不對呀，誰幫我把後院的衣服收進來？幾個媽媽圍著她琢磨：短了衣服沒？沒沒沒！她們共同的結論是：更年期到了嘛什麼都亂了套，明明自己幹的，一轉身忘得可乾淨，妳不知道啊，嚴重的還以爲自己未滿十八歲呢！咯咯咯笑得皮顫肉跳，這事兒算了囉。

只有她相信有賊。下夜班回到家，一股芬芳的橘子味飄浮著，夾著人走動時散發的餘溫。她挺愛綠皮橘，酸得讓脚趾頭抽搐的那種。垃圾桶內果然有兩份橘皮，一份是她昨晚剝的四大瓣蓮花型手法，另一份破破碎碎，像小孩剝的。她把橘皮攤在桌上玩拼圖。不像孩子，那些碎皮是後來用手撕著玩兒的，沒撕筋絡，籽吐得不全，倒像男人的吃橘子習慣。

是個有潔癖的人，刮過鞋底爛泥才進屋的。在停留的短暫時光裏只吃一個橘子，他坐過的旋轉籐椅朝向大門，靜止，像坐在家裏等待歸人。

不是個賊，她想，是個傷過心的人。

一九九二年十月　中時·人間副刊

同居綱領

事情演變到這種地步，雙方都有責任，麻煩是，兩人都想負責以至於問題更僵，雖然每次討論都謙遜地以「聽聽您的意見」開始，其實骨子裏要對方聽自己的意見。

交往四年後，在雙方家族洪水猛獸似的輿論追緝下擬了草案，先同居爲「婚姻」熱身運動，一年內若無重大案件出現再議結婚事宜；若有，則以不毀損雙方友誼爲原則，迅速且和平地撤離。套句政治術語：統一是沒有時間表的。

他依約搬入她的公寓，原屋承租出去。在這一項，他做了遷就。然而，砍掉大部分家具的情況下，仍然無法在三十七坪大的屋子裏安頓他的原木書桌、電腦及一張搖籃般重要的古董貴妃床。付過運費後，卡車開走了，他坐在大皮箱上喘氣，這女人根本沒依約定清出空間；看來不能怪她，這屋子已經沒有空間了。他盪到盥洗室，天啊，一顆頭顱需要二十一瓶洗髮精、潤髮精、護髮霜！爲什麼過去沒發現她的物質繁殖力之旺盛？他歸咎於激烈的性愛破壞大腦的空間感，以爲她家大得不得了。

災難總是呼朋引伴而來。同居第三天起她睡不好，那張雙人床縮水了，性與睡眠是兩回事，前者解決不了後者。她半夜抱枕頭在屋內亂晃，爲什麼沒發現他的睡相像土匪呢？她頓悟過去從未在彼此公寓過夜之故。這下精彩，她覺得自己的國度面臨外寇，連睡覺的權利也被剝奪了。

「我給你兩千，你去買水餃！」「我給妳兩千五，妳去買！」「我是中央政府哪！」「請妳尊重地方自治！」第四天因消夜問題引發政權爭辯促使雙方亮出「語言暴力」，冷戰三十分鐘後，雙方恢復理智決定討論「同居綱領」分配權利義務，第一條，連續討論十天了，第一條還沒擬出來。

一九九二年七月　中時·人間副刊

螢火蟲

雨把山泡濕。夜很輕薄，允許你膩在它懷裏似的。但是夜有它的潔癖，蹂躪你，如拈掉袖口上一隻渴歡的螢火蟲。

她從無意義的爭辯中脫身，隔壁家的電視正在報告氣象，有人喝斥孩子應該洗澡了。她下樓時，買晚報的鄰人對她微笑。她聽到報紙被攤開的聲音，沿著樓梯上升，腳步聲緩慢，拖油瓶似的，她覺得閱報者像每份晚報附贈的一個可愛玩偶。

如果能明確憤怒或生氣倒是好的。她發動那輛破舊的五十CC機車。情緒是燈塔，她會清晰地看到船的形狀、風浪級數、航程、方向以及漁獲。她會知道座標。當對方以嚴厲的口吻質問她，要求立即回答，她完全無法進入他的語系，不了解語言背後所肯定的意義是什麼？而她臉上流露的天眞無邪的沉默，接著被誤讀爲惡意挑釁，引發更尖銳的語言攻擊。她也知道依照常理應該「生氣」，可是忽然忘記生氣的技術，像斷臂人不知如何接對方遞來的一杯酒。基於問答的禮儀慣性，她說話了，糾正對方某一個字的正確讀音，接著聽到玻璃杯被掃落的聲音。她走出房間。

機車太舊了，像肺癌末期嚴重咳嗽。山路千迴百轉，這是好的，不需要辨認方向。她甚至不知道翻過山會到什麼地方？海灣、懸崖、還是墓園？潮濕的空氣進入肺部，她感到肺葉舒放，雨針扎著肌膚，近乎繾綣，像被一個龐大且擁有貓般豐潤毛髮的情人撫慰著。車燈忽亮忽滅，雨絲忽明忽暗，她想，從半空看，她像一隻在情人懷裏騷動的螢火蟲吧！

當她這麼想，從山路迴轉處搖曳而來的另一盞車燈也是螢火蟲了；好像被秋聲驚動，各自從腐草中飛出，才發現天地間僅剩兩隻而已。她迎上前，想告訴對方螢火蟲是很浪漫的蟲子，卻聽到撞擊的聲音。

沒有人知道螢火蟲的典故，只好當作不切實際的遺言。

一九九二年十一月　中時·人間副刊

玻璃夕陽

飯廳窗旁，高聳的木櫃配玻璃拉門，往下凸出一條長方形平台，當作廚房與飯廳的轉口站，偶爾扮演小酒吧。現在，她坐在高脚椅，雙肘拄在平台上，手指耙抓頭髮，動也不動。從背後看，像一尊剛出土、崩了角的石雕。

黃昏時刻，有人回家，有人離家；有人手刃故事，有人正要開始。她慢慢抬頭，看到一輪完美夕陽映在灰濛濛的玻璃門上，鮮血般色澤閃耀強光，如沸騰的銀液澆在紅日上。玻璃佈滿塵埃，使紅日染上一層曖昧的污影，彷彿來自夕陽內部的黑暗力量，企圖咬破紅日之核，瞬間呑沒一切，不吐骨頭。

她被吸引，凝視著，忘記自身正在參與的故事——依照故事進行的邏輯，現在應該哭泣。然而，竟有不確定的愉悅在她觀賞玻璃夕陽時流瀉出來。她嗔怪自己多年來熟悉這棟房子每件器具的位置，卻從未發現木櫃玻璃上的詭譎夕陽。她歸咎自己很少在夕陽西沉時回到家，而且櫃子裏外塞滿杯盤，花瓶也遮蔽了風景，就像人慣用無數的假象和諧，遮蔽眞實內心。

櫃子空了，夕陽很淸楚。她靜靜欣賞疊印在玻璃夕陽上自己的那張披散長髮的臉，暗影中輪廓柔和，表情平安，好像終於認淸自己是跟隨夕陽到世間作客的孤鬼，不再佔據故事，亦不抱怨所有的故事終歸是他人記憶中的贋品。她迷戀自己的臉被夕陽壓黑的感覺，浩浩蕩蕩的世界跟她無關了。

踩過滿地瓷片、碎玻璃杯，破腹的陶瓶仍在淌水，幾朶紅玫瑰横屍在一條油煎的䱂魚上，焦黃的魚眼瞪著她。

朝夕陽沉落的方向走，黑夜很快掩護一個離家出走的女人。

一九九二年八月　中時·人間副刊

末班車上的女人

她從睏盹中醒來首先看到黑夜，黃、白燈球散落於荒丘與亂野之間，像魔火正在焚燒山根。她有嚴重散光，世間風景在她眼裏非常虛幻，尤其夜晚，燈光漫漶成火海，吞噬螻蟻人間。夜風餓虎似地撲入胸口又呼嘯而去，她朦朧覺得心肝被掏了，只剩無血無淚的軀殼在回家的末班車上。

「總講一句，伊笨到有剩啦！」就是這句話吵醒她，夾在轟隆的車聲中仍不失匕首般鋒利。她找到說話者，坐在門口第一張單人座的臃腫老婦，左脚拐住夜市擲販用的塑膠布包，右脚大剌剌懸空頂著扶桿，扯開嗓門對司機敍述某個女人被丈夫遺棄的故事，一面俐落地抽煙。司機猛催油門，車身顛簸得快要解體，從答話中，才發現司機是個聲音夾沙的中年女人。她坐在司機背後第一張單人椅上。

「中華民國沒一條好路！」女司機吼著，字字砂石，使狠超過一輛垃圾車卻被另一輛擋著。臭味灌進來，她懶得關窗正在尋思「沒一條好路」的雙關語義。附近進行重大工程破壞路面是眞的，但也用不著吼叫；她想女人的心肝被掏出後肉體會不會發腐？有沒有垃圾車專收發腐的女身，在沒有一條好走的女人路上？那副心肝泡過鹹淚後會不會生出新形體？

車內只有三個女人，那名被激烈談論的女人替她們劃出神祕的四角關係，彷彿女人的生態循環鏈。她感到強烈不快，抗拒進入循環，但那位無形女人卻像磁鐵吸住她，使她出乎意料插話：「有給贍養費嗎？」老婦轉頭，憤怒地：「免猜想啦！伊笨到用伊尪的名買厝，現在才會一身空空……」「免！有本領自己賺！」司機揮手打斷，像個權威的霸王訓斥嘍囉。她才知道司機離婚五年了。

下車後，她感到驚怖，車廂內有一把詭異的魔火，把四個女人焚成男人。

一九九二年五月　中時·人間副刊

密探

她籌錢頂了家麵店，重新裝修改成「茶亭」，當起老闆娘；地點不挺好，埋在深巷狗吠、水電修理行的臺語流行歌中，招牌委委屈屈懸在門口像個啞巴。所幸附近有一所職業學校，學生泡得起五十來塊的，日頭愈毒泡得愈久，一大票窩在這兒聊天打情罵俏，她圈在櫃檯後打果汁搖泡沫紅茶，看他們大概像看童話故事書。青春只不過一片口香糖，我猜離異之後，她更加覺得每個人都得自行處理殘渣吧！

臺北的天空下，眞的東西看起來像贋品，假的似眞。每個人有一套包裝記憶的方式，拆除過去建築改建成現在，就像我坐在她的店裏啜飲水果茶，無從判斷這裏曾是一家麵店；她身上也看不出過去痕跡，乾乾淨淨而且沉默，偶爾的微笑只讓我覺得她更疏離徹底了。

我後悔答應他當密探。都一年了，還要以前夫身分請託側面第三人偷偷代他探視前妻過得好不好？我念他一片誠懇，不秤斤兩就答應了。「妳告訴她，有個『朋友』很懷念她做的檸檬紅茶。」算是任務吧！他給了我住址，九彎十八拐的，想必早就掌握情報，只是不敢現身。她知道嗎？期待過嗎？知道又怎麼樣？離港的船會在意港灣的天氣嗎？

她變了個樣，至少跟他描述的不同，沒請助手，一個人挺著。這種外表看起來溫和沉靜、不爭不吵的人其實最棘手，一旦死了心，魂是叫不回來的。所以我一落座就後悔了，就算他自己來，可能也只得到溫溫的一句：「先生，喝點什麼？」

泡了快半個鐘頭，點了兩份冰茶，一份替他點。想起任務，不免支支吾吾問：「妳……妳不賣檸檬紅茶嗎？」

她淺淺一笑，說：「試過，會變苦！」

密探像個啞巴似地走出茶亭。

一九九二年六月　中時·人間副刊

不爲人知的祝福

一批寒流剛過，氣溫接著回升了，陽光是有那麼幾絡，牽牽絆絆搭在大樓公寓的後陽台，或小公園內病懨懨的榕樹梢，像書香門第搬了家，總還有幾頁脫線的古詩詞留在大宅院裏，讓人讀不出風雅還是衰敗。

她捱著窗，午茶第二泡了，無目的看著對面大樓後陽台一個洗衣婦人的側影，傾斜的陽光正好投照在鐵柵及熱水器下方，洗衣槽也在那位置，婦人專心搓洗，頭部忽陰忽晴，像個機械人，鐵柵上搭著一隻拖把，心痛如絞的樣子，倒比洗衣婦更有人味。她看風景看痴了，擱在桌上那袋不動產所有權狀及財務清單、計算機，倒像別人家的功課。

女侍端來糕點，又添了沸水。

代書撥了大哥大，說要晚半個小時才能到。多出來的時間令她發傻，既不想回憶也不願綢繆什麼，這一個月以來她像個戰兵，談條件清財務約律師辦離婚遷戶籍賣房子，她其實不喜歡這樣快刀斬亂麻，一個女人一旦不哭哭啼啼了，那種公事公辦的效率傷的是自己。她寧願自己哀怨些，有傷心的實況，可她做不來了，連這寶貴的半個小時都用不到自己身上，痴痴地看那婦人開始晾大大小小的衣服。

一對年輕男女坐在她後面，嘀嘀嗒嗒幾句話後開始討論地段、坪數與租押金。她的副業興趣來了，因此很自然收聽。數年婚姻生涯最大的成功是她發揮了房地產長才替雙方累積財富，要不，這婚也不會離得這麼乾淨俐落。看來是準備結婚的無殼族，她好想轉過身傳授門道，終於忍了。也許，共苦時光才是婚姻生涯裏最讓人刻骨銘心的吧！

她在財務清單背面無目的地畫，正面的數字透過來像美好的虛線。她畫一幢有庭園的房子，綠樹高高地在窗前拂動，結著纍纍的果實，煙囪有炊煙升起。她全心全意要把它送給那對即將結婚的情侶，她要祝福他們白頭偕老。

一滴淚滑了下來。

一九九二年十二月　中時·人間副刊

拖鞋誌

太陽出來的時候，小朋友上學，媽媽們牽著菜籃往市場走。狹仄的巷弄滾過一波乳脂味，那是孩童口中哈出的風；迎面幾個拄杖老人爬山歸返，砍了幾枝帶露粉櫻，顫巍巍地晃著零碎的紅影，叉枝上順便掛一副燒餅油條。老人們杵著不動，讓孩童喧呼穿過。陽光正好沾住櫻花上的水露，閃出光芒，像一隻惺忪的眼睛，邪邪地看世界一眼。

她拉開窗簾，瞧見捧櫻老人拐入小弄，又站著與鄰人閒聊，無非是幾句哼哼哈哈街坊芝麻話，她完整地看到那枝垂櫻從老人肩頭探出，彷彿穴眠數百年的古代仕女被踏山者攔腰抱走。她知道此刻她醒了，朝這陌生世界某個掀簾偷窺的女人緩緩抬頭，她有些恍惚，像看見一把水底撈起的枯骨，濕淋淋地向她吐露駝紅的遺言。

難得出太陽，光影一綹綹地吹進室內，停在泛潮的白色地磚上，她看見綣曲的枯髮沾黏地板，日子也曾粉身碎骨罷。梳妝鏡蒙了一層薄塵，不客氣地數落她的病容，一只印花玻璃杯剩幾口鮮奶，恨恨地站在梳妝台上乾成蠟黃。她的手拂過鏡面，看清自己了，腐敗的青春，她竟然笑了起來。

她不記得這陣子怎麼過的，只記得窩在床上聽雨水，天花板潮夠了開始滲水，涎出一條小河彎彎，猥褻的，好像被斬首的人口中流出的憎恨。她一直盯著，不發表意見，看久了也很親切。

那一天也下雨，他提著兩瓶鮮奶探她的病，拉出梳妝椅大巴叉坐著點一根煙，清了清嗓門說：「怪潮的，怎不叫妳房東修一修天花板！」她坐在床上抱著大棉被，瞧那面霧鏡冒煙，繞著一個男人的後腦勺，那條水痕一寸寸往下抽長，她倒覺得這幅景象可以印成畫片，裱框掛起來。荒涼，也可以很悠哉地變成風景。

「好點沒？」他問，口氣是不冷不熱的。

「好多了。」她說。

他看了錶，說要打幾個電話，往客廳去。她比誰都清楚她的臥室就像一艘破船，那人是來解纜繩的。他的聲音熱熱鬧鬧傳來，像亂了套的鼓點。他高聲說：好好好，待會兒見。她明白他的意思，不能久留的。她一向像水晶玻璃把人心看得透澈，多年前有人對她嘆氣：妳就不能迷糊點嗎？太精亮要碎的。她回說：放心，碎了割我自己。

他撐著笑回座：「藥三餐吃了？」

「吃了。」她說，又追幾句：「其實，沒什麼大不了，虛弱而已。你忙，犯不著來。」

一室安靜。他踱至窗邊，拉窗探了探，「砰」又關密，坐下來，抖脚。她自心底憐憫這個人，他要她開口的，就像所有在她身邊停留過的情人要她收拾最後一刻以成全他們的無辜。她其實心懷感激，不免份外留戀每一次揮別時刻，她要慢慢看著它進行，把每一絲感觸記得牢牢的，讓它由漫散而漸漸凝縮成她胸口的一顆小痣，跟過往收集的痣點聚在一塊兒，像焚焦的星子。

「客廳那箱是什麼？」他想起，問道。

「沒什麼。」她說：「公司忙不忙？」

他聳了聳肩，兩手攤著：「明天得出差幾天。」

她把頭擱在膝上，眼前這張臉她曾經撫慰過，熟悉他的鬍渣分佈與觸感、睡眠時的怪癖與翻身的重量。她感到暈眩，好像閱讀一本裝幀錯誤的小說，激越的情色章節與送葬行列交編，她彷彿看見披麻戴孝的搶哭隊伍中，一對裸裎男女正在棺材上做愛。時間冷峻地站在掘墓人挖好的土坑旁冥思。

「開車來了嗎？」她微笑地問。

他的表情隱藏一絲勉強，遲疑著，不知該說有或沒有。他們常在夜間出遊，她總是問他：「開車來了嗎？」雖然已知他開車來仍要這麼問，這句話已變成她的口頭禪，接著她會提議出去走走，像兩隻快樂的昆蟲在臺北都會覓歡。她的記憶一面向後逆溯一面向前推衍，那些不輕不重的情節或多或少構築她與他共同的生活內容，她默默地誇大它、粉飾它，使它成爲不可缺少的城牆。現在，她得拆牆，而他只顧憂慮若她又要邀他出遊，該拉什麼理由遮一遮。

「如果開車了，你的那箱東西正好載走，都在裏面。」她看他那副忐忑、爲難的表情有些不忍，乾脆挑明講話。

他望著窗。

「我留下一樣東西……」她說，開始聽不見自己的聲音，好像有一頭餓獸躲在耳內吼叫，但她知道自己會撐到最後一刻不出錯，這些熟悉的戲碼曾在生命中上演無數次，甚至連下雨天也是借屍還魂的，爲了沖淡割情者的尷尬。

「我留下那雙拖鞋做紀念，不重要的。」她決定好好地看著他：「你該走了，再晚，又要塞車。」

他怎麼走的？她不記得了，只記得後來有點餓，倒杯鮮奶喝，她還看了印在瓶頸的保存期限，嗔怪這個男人粗心大意，連只剩一天就過期的牛奶也買。

冬日太陽像生過病的莽匪，大手大脚晃出來，可是虛弱得提不起刀。她覺得做點什麼事才好，該曬的東西太多，總是曬不乾。

她打開鞋櫃，一股霉濕味搧人耳光，皮鞋面長了青斑，鞋屍似的。底層，整整齊齊一對對毛茸茸的拖鞋彷彿冬眠，各種顏色都有，雖然厚長的絨毛壓扁了些，也還看得出捲毛狗般的氣派。她就是喜歡這種趣味，穿它的人一前一後走路，好像遛兩條吱吱叫的名貴小狗。

她爲每任情人準備一雙，專用的，每一雙都保留它的主人的脚形與走路的樣子。她將它們一一取出，曬一曬也好。散置於地板上，一群五彩小狗，被割了聲帶的，她數了數，十四隻小狗，七對。

不，十六隻才對。她衝入臥房，掀棉被，打開衣櫥，那雙紅毛拖鞋呢？放哪兒去了？她宛如迷途野獸闖不出叢林，連廚房的碗櫃也找了。

陽光一寸寸萎落，嗶嗶剝剝的聲音。就在她走向那群雜色小狗時，赫然發現那雙紅毛拖鞋正套在自己脚上。她低頭凝睇，彷彿聽見從遙遠的山谷，兩隻火紅的幼犬向她跑來，吠叫著她的名字。

她忽然明白，自己是自己的最後一任情人。

一九九四年四月《誠品閱讀》

口紅咒

她的家人撬開梳粧檯抽屜的那日，是個陰鬱的午后。夏天接近尾聲，頂多再來個輕度颱風，下幾天雨，時序一旦入秋，這一年也差不多要入土爲安了。他們像往常一般過日子，好像半身痲痺的人在復健器材上運動，習於不斷重複，日子一久，也萌生一種本領，把不屬於軌道上的意外事件從腦海裏切除，由於沒有儲藏額外的記憶，整個人生看起來是那麼的祥和。

如果沒有人再提起，她的家人差不多把她忘了。這也合理的，雖然同住一棟公寓上下層，平日鮮少碰面，有事也是打電話。兩個兄弟分住五樓左右戶，她一個人住頂樓加蓋的套房，大家各自關門過日子，有時在樓梯口碰到了，打招呼的方式也是客客氣氣地像個鄰居。

事情演變到這種局面不是沒理由，但權衡之下，適應現況遠比追溯根源重要吧！就這一點，他們兄妹三人倒是一致的，所以誰也說不淸楚從什麼時候開始這棟自家老厝改

建的新式公寓變成公共港口，各泊各的船隻，各管各的航向。兄妹、姊弟三人從原本話

就不多到見了面沒什麼話好說到能不見面就不見面，多少與「地主保留戶」出售的盈餘

分配有關。

她伴著中風多年的老母親在兩兄弟家輪流住，也不過是對門，但親兄弟也要明算帳

的。去年，老母親收齊了氣力想說服兩個兒子、兒媳撥一些尾數給年逾四十出閣無望、

服侍她多年的女兒。這事當然強人所難，父親生前老早把權狀分割清楚，按照慣例，女

兒遲早是外姓人，不能分祖產的，母親又不是不知道這些天經地義的道理，怎麼老病到

頭腦也糊了。那陣子，兄弟兩家忽然異常親近，什麼事都有商有量的。他們誰也不想吐

出銀兩，又不願違逆殘燭般的老母，讓親戚說他們不孝，遂推敲替代方案，決定在頂樓

加蓋一間小套房給她，隨便她愛住多久。那日，兩兄弟特地穿戴齊整，在母親床前慷慨

稟報決議，說得地動山搖的。

她一副事不關己，坐在床邊幫母親按摩背部，後來索性窩在自己床上看雜誌。床頭

上的鈴鐺一陣亂響，一根線拉到母親這邊，以便半夜需要如廁時可以叫她，哥哥不小心

碰到，她伸手摀住鈴鐺，房內恢復安靜，兄弟倆又繼續鋪陳加蓋套房的建材問題。她雜

誌也不看了，從枕頭底下摸出小鏡子，又從口袋掏了一支口紅，慢慢旋出，好像從花房

把蝴蝶誘出來般全心全意，擒著小鏡以一種足以喚醒墓園的神情搽嘴唇，輕輕抿兩下，

又利用唇膏的側鋒勾出唇形，營造立體感；她似乎不甚滿意，掏出另一支色調較深的口紅，加強下唇色澤，看起來像天光拂掠遠近山巒所造成的移影景象。桃紅色口紅帶著春天的綺艷，襯著她那張蒼白、枯槁的臉，份外明媚顫動，彷彿被濃霧封鎖的遺址上掙出一株野桃花，不管天高地厚，喧鬧地訴說它自己的慾望。

兄弟倆楞了，眼前這位套著睡衣，用橡皮筋束頭髮的老女人，怎麼看都是上不了檯面的外人。那張紅嘴令他們焦躁起來，做哥哥的沉得住氣，謹慎地把「仁至義盡」四個字夾在豪邁悲壯的說詞裏，他心底盤算，得快把頂樓蓋好，一旦母親的日子盡了，讓她搬到上面去，對大家都是解脫。

做母親的，恐怕是終於從魚倉裏替女兒撿了一尾小魚，良心上舒坦起來，看樣子也沒什麼事可以耽擱了，不多久再度中風而逝；時間上也掐得極有分寸，頂樓套房只差安裝電燈就完成了。

兄弟倆率領家小，在母親遺體前哭得肝腸寸斷，而她仍然是那副外人神色，眼睛定定地看著地板，好像看穿底下有一座汪洋似的。喪禮辦得備極哀榮，比菜市場還熱鬧。事後，他們看V8拍下來的紀錄，才發現那天她的手上握著床頭鈴鐺，一張嘴搽得跟妖精一樣腥紅。

喪禮之後，她搬到頂樓小套房。

有經驗的人都說那是宿命，據此推算她這一生是來還債的，老母親一死，債還完了，她也沒理由再在世間蹓躂。兄弟兩家都認爲這種說法睿智，敉除了生者與逝者的尷尬；他們聘請道行高深的法師、道士到那間套房誦經安魂，順便爲兩家除魅祈福。除了大溽暑令他們不適外，大家心裏都承認，她自己了斷，也是識大體的。

如果沒有人再提起，她的家人差不多忘了有過她這個人。

套房空在那裏也可惜，租出去好歹有個收入，再說，換別人住也可以祛除那間房留下的穢影。他們決定稍事整理，把不宜留下的東西清乾淨。

那台梳妝檯著實不祥，原本是母親的，後來換她用，兩任女主人都走了，杵在那兒怕會變成野鬼窩。爲了抬梳妝檯，他們才發現有一個抽屜上了鎖。

做哥哥的拿著撬具，滿頭大汗治它，一怒之下換用鋤頭敲，面板敲落，突然「嘩」地掉出一堆東西。

都是口紅。他嚇軟了，彷彿捧著一抽屜四處亂竄的蟑螂一樣，臉色慘白起來。

兩百多支口紅，各種顏色、品牌都有。還是女人比較能了解口紅的誘惑，做太太的忽然像個孩子蹲在地上一一檢視口紅的身世，有的用過了，有的大約只搽過一次。她不免陷入痴迷，旋出口紅，在手背上試顏色：粉橘的、蜜李的、酒紅的……每一種顏色都像一種言說，激情如大雨中野地姬百合的舞影，貞靜似月光下舟子的酣眠。她的臉上露出狂喜，擒著一管桃紅的，對著鏡子細細地搽起來。

她回過身，嫵媚地看著丈夫，嘴角似笑未笑。兩隻顫微微的白手臂上劃著兩百多條顏色，好像數不清的軟濕舌頭喧嘩地誦念它們對世間的嘲諷，不帶一絲感情。

一九九五年八月　自立早報·大地版

洪範文學叢書 ㉗④

女兒紅

著　者：簡　媜
發行人：孫玫兒
出版者：洪範書店有限公司
臺北市廈門街一一三巷一七—一號二樓
電話　三六五七五七七・三六八八六七九〇
郵撥　〇一〇七四〇二—〇
行政院新聞局局版臺業字第一四二五號
排　版：正豐電腦排版有限公司
印　刷：長紅印刷事業有限公司
法律顧問：陳長文（理律法律事務所）
初　版：一九九六（民八四）年九月
定價一八〇元
（缺頁破損裝訂錯誤請寄回調換）

ISBN 957-674-120-3

國家圖書館出版品預行編目資料

女兒紅／簡媜著. --初版. --臺北市：洪範,
民 85
面； 公分. --(洪範文學叢書；274)
ISBN 957-674-120-3 (平裝)

855 85008597